Henry David Thoreau

« Je vivais seul, dans les bois »

*Traduit de l'américain
par Louis Fabulet*

Gallimard

Ce texte constitue le premier chapitre de
Walden ou La vie dans les bois (L'Imaginaire n° 239)

Né le 12 juillet 1817 dans le Massachusetts, Henry David Thoreau est le fils d'un marchand de crayons et le petit-fils d'un corsaire normand. Grâce à une bourse de la paroisse, il étudie à Harvard dont il sort diplômé en 1837, puis revient dans sa ville natale de Concord comme maître d'école. Il est renvoyé — ou démissionne — au bout d'une semaine pour avoir refusé d'appliquer des châtiments corporels. Il lie amitié avec Nathaniel Hawthorne, et Ralph Waldo Emerson qui l'initie au transcendantalisme, un mouvement littéraire, spirituel, culturel et religieux qui repose sur l'essence spirituelle et mentale de l'être, sans dépendre ni se modifier par l'expérience des sensations. Après avoir été pendant quelques mois le précepteur des neveux d'Emerson, il rejoint l'entreprise familiale de crayons. En 1845, à la recherche de solitude pour écrire, il s'installe à vingt-huit ans dans une cabane en pin qu'il a lui-même construite au bord de l'étang de Walden, dans le Maine. Son expérience de la solitude durera plus de deux ans et lui inspirera *Walden ou La vie dans les bois* qui paraît en 1854 et rencontre un grand succès. À la même époque, il aide des esclaves noirs à s'enfuir au Canada et soutient avec ferveur les idées abolitionnistes. Dès 1849, dans un texte intitulé *La désobéissance civile*, il proclame son hostilité au gouvernement américain qui accepte l'esclavage et mène une guerre de conquête au Mexique. Des années plus tard, Gandhi et Martin Luther King s'en réclameront… Après une vie partagée entre écriture, vagabondage et l'entreprise familiale, il meurt de la tuberculose le 6 mai 1862, en pleine guerre de Sécession. Il est aujourd'hui enterré à Concord.

Outre *Walden*, considéré dans le monde entier comme un classique de la littérature américaine, Thoreau laisse plusieurs textes et un journal, document exceptionnel sur les États-Unis du XIXᵉ siècle, publiés après sa mort.

ÉCONOMIE

Quand j'écrivis les pages suivantes, ou plutôt en écrivis le principal, je vivais seul, dans les bois, à un mille de tout voisinage, en une maison que j'avais bâtie moi-même, au bord de l'étang de Walden, à Concord, Massachusetts, et ne devais ma vie qu'au travail de mes mains. J'habitai là deux ans et deux mois. À présent me voici pour une fois encore de passage dans le monde civilisé.

Je n'imposerais pas de la sorte mes affaires à l'attention du lecteur si mon genre de vie n'avait été de la part de mes concitoyens l'objet d'enquêtes fort minutieuses, que d'aucuns diraient impertinentes, mais que loin de prendre pour telles je juge, vu les circonstances, très naturelles et tout aussi pertinentes. Les uns ont demandé ce que j'avais à manger ; si je ne me sentais pas solitaire ; si je n'avais pas peur, etc., etc. D'autres se sont montrés curieux d'apprendre quelle part de mon revenu je consacrais aux œuvres charitables ; et certains, chargés de famille, combien d'enfants pauvres je soutenais. Je prierai donc ceux de mes lecteurs qui ne s'intéressent point à moi particulièrement, de me pardonner si j'entreprends de répondre dans ce livre à quelques-unes de ces questions. En la plupart des livres il est fait omission du *Je*, ou première personne ; en celui-ci, le *Je* se verra retenu ; c'est, au regard de l'égotisme, tout ce qui fait la différence. Nous oublions ordinairement qu'en somme c'est toujours la première personne qui parle. Je ne m'étendrais pas tant sur moi-même s'il était quelqu'un d'autre que je connusse aussi bien. Malheureusement, je me vois réduit à ce thème par la pauvreté de mon savoir. Qui plus est, pour ma part, je revendique de tout écrivain, tôt ou tard, le récit simple et sincère de sa propre vie, et non pas simplement ce qu'il a entendu raconter de la vie des autres hommes ; tel récit que par exemple il enverrait aux siens d'un pays lointain ; car s'il a mené une vie sincère, ce doit selon moi avoir été en un pays lointain. Peut-être ces pages s'adressent-elles plus particulièrement aux étudiants pauvres. Quant au reste de mes lecteurs, ils en prendront telle part qui leur revient. J'espère que nul, en passant l'habit, n'en fera craquer les coutures, car il se peut prouver d'un bon usage pour celui auquel il ira.

Ce que je voudrais bien dire, c'est quelque chose non point tant concernant les Chinois et les habitants des îles Sandwich que vous-même qui lisez ces pages, qui passez pour habiter la Nouvelle-Angleterre ; quelque chose sur votre condition, surtout votre condition apparente ou l'état de vos affaires en ce monde, en cette ville, quelle que soit cette condition, s'il est nécessaire qu'elle soit si fâcheuse, si l'on ne pourrait, oui ou non, l'améliorer. J'ai pas mal voyagé dans Concord : et partout, dans les boutiques, les bureaux, les champs, il m'a semblé que les habitants faisaient pénitence de mille étranges façons. Ce que j'ai entendu raconter des bramines assis exposés au feu de quatre foyers et regardant le soleil en face ; ou suspendus la tête en bas au-dessus des flammes ; ou regardant au ciel par-dessus l'épaule, « jusqu'à ce qu'il leur devienne impossible de reprendre leur position normale, alors qu'en raison de la torsion du cou il ne peut leur passer que des liquides dans l'estomac » ; ou habitant, enchaînés pour leur vie, au pied d'un arbre ; ou mesurant de leur corps, à la façon des chenilles, l'étendue de vastes empires ; ou se tenant sur une jambe au sommet d'un pilier — ces formes elles-mêmes de pénitence consciente ne sont guère plus incroyables et plus étonnantes que les scènes auxquelles j'assiste chaque jour. Les douze travaux d'Hercule étaient vétilles en comparaison de ceux que mes voisins ont entrepris ; car ils ne furent qu'au nombre de douze, et eurent une fin, alors que jamais je ne me suis aperçu que ces gens-ci aient égorgé ou capturé un monstre plus que mis fin à un travail quelconque. Ils n'ont pas d'ami Iolas pour brûler avec un fer rouge la tête de l'Hydre à la racine, et à peine est une tête écrasée qu'en voici deux surgir.

Je vois des jeunes gens, mes concitoyens, dont c'est le malheur d'avoir hérité de fermes, maisons, granges, bétail, et matériel agricole ; attendu qu'on acquiert ces choses plus facilement qu'on ne s'en débarrasse. Mieux eût valu pour eux naître en plein herbage et se trouver allaités par une louve, afin d'embrasser d'un œil plus clair le champ dans lequel ils étaient appelés à travailler. Qui donc les a faits serfs du sol ? Pourquoi leur faudrait-il manger leurs soixante acres, quand l'homme est condamné à ne manger que son picotin d'ordure ? Pourquoi, à peine ont-ils vu le jour, devraient-ils se mettre à creuser leurs tombes ? Ils ont à mener une vie d'homme, en poussant toutes ces choses devant eux, et avancent comme ils peuvent. Combien ai-je rencontré de pauvres âmes immortelles, bien près d'être écrasées et étouffées sous leur fardeau, qui se traînaient le long de la route de la vie en poussant devant elles une grange de soixante-quinze pieds sur quarante, leurs écuries d'Augias jamais nettoyées, et cent acres de terre, labour, prairie, herbage et partie de bois ! Les sans-dot, qui luttent à l'abri de pareils héritages comme de leurs inutiles charges, trouvent bien assez de travail à dompter et cultiver quelques pieds cubes de chair.

Mais les hommes se trompent. Le meilleur de l'homme ne tarde pas à passer dans le sol en qualité d'engrais. Suivant un apparent destin communément appelé nécessité, ils s'emploient, comme il est dit dans un vieux livre, à amasser des trésors que les vers et la rouille gâteront et que les larrons perceront et déroberont[1]. Vie d'insensé, ils s'en apercevront en arrivant au bout, sinon auparavant. On prétend que c'est en jetant des pierres par-dessus leur tête que Deucalion et Pyrrha créèrent les hommes :

Inde genus durum sumus, experiensque laborum
Et documenta damus quâ simus origine nati.

Ou comme Raleigh le rime à sa manière sonore :

From thence our kind hard-hearted is, enduring
pain and care,
Approving that our bodies of a stony nature are[2]. »

Tel est le fruit d'une aveugle obéissance à un oracle qui bafouille, jetant les pierres par-dessus leurs têtes derrière eux, et sans voir où elles tombaient.

En général, les hommes, même en ce pays relativement libre, sont tout simplement, par suite d'ignorance et d'erreur, si bien pris par les soucis factices et les travaux inutilement rudes de la vie, que ses fruit plus beaux ne savent être cueillis par eux. Ils ont pour cela, à cause d'un labeur excessif, les doigts trop gourds et trop tremblants. Il faut

---

1. Matthieu, VI, 19.
2.   D'où la race au cœur dur, souffrant peine et souci,
       Preuve que de la pierre nos corps ont la nature.
OVIDE.

bien le dire, l'homme laborieux n'a pas le loisir qui convient à une véritable intégrité de chaque jour ; il ne saurait suffire au maintien des plus nobles relations d'homme à homme ; son travail en subirait une dépréciation sur le marché. Il n'a le temps d'être rien autre qu'une machine. Comment saurait se bien rappeler son ignorance — chose que son développement réclame — celui qui a si souvent à employer son savoir ? Ce serait pour nous un devoir, parfois, de le nourrir et l'habiller gratuitement, et de le ranimer à l'aide de nos cordiaux, avant d'en juger. Les plus belles qualités de notre nature, comme la fleur sur les fruits, ne se conservent qu'à la faveur du plus délicat toucher. Encore n'usons-nous guère à l'égard de nous-mêmes plus qu'à l'égard les uns des autres de si tendre traitement.

Certains d'entre vous, nous le savons tous, sont pauvres, trouvent la vie dure, ouvrent parfois, pour ainsi dire, la bouche pour respirer. Je ne doute pas que certains d'entre vous qui lisez ce livre sont incapables de payer tous les dîners qu'ils ont bel et bien mangés, ou les habits et les souliers qui ne tarderont pas à être usés, s'ils ne le sont déjà, et que c'est pour dissiper un temps emprunté ou volé que les voici arrivés à cette page, frustrant d'une heure leurs créanciers. Que basse et rampante, il faut bien le dire, est la vie que mènent beaucoup d'entre vous, car l'expérience m'a aiguisé la vue ; toujours sur les limites, tâchant d'entrer dans une affaire et tâchant de sortir de dette, bourbier qui ne date pas d'hier, appelé par les Latins *æs alienum*, airain d'autrui, attendu que certaines de leurs monnaies étaient d'airain ; encore que vivant et mourant et enterrés grâce à cet airain d'autrui ; toujours promettant de payer, promettant de payer demain, et mourant aujourd'hui, insolvables ; cherchant à se concilier la faveur, à obtenir la pratique, de combien de façons, à part les délits punis de prison : mentant, flattant, votant, se rétrécissant dans une coquille de noix de civilité, ou se dilatant dans une atmosphère de légère et vaporeuse générosité, en vue de décider leur voisin à leur laisser fabriquer ses souliers, son chapeau, son habit, sa voiture, ou importer pour lui son épicerie ; se rendant malades, pour mettre de côté quelque chose en prévision d'un jour de maladie, quelque chose qui ira s'engloutir dans le ventre de quelque vieux coffre, ou dans quelque bas de laine derrière la maçonnerie, ou, plus en sûreté, dans la banque de briques et de moellons ; n'importe où, n'importe quelle grosse ou quelle petite somme.

Je me demande parfois comment il se peut que nous soyons assez frivoles, si j'ose dire, pour prêter attention à cette forme grossière, mais quelque peu étrangère, de servitude appelée l'Esclavage Nègre[1], tant il est de fins et rusés maîtres pour réduire en esclavage le Nord et le Sud à la fois. Il est dur d'avoir un surveillant du Sud[2] ; il est pire d'en avoir un du

1. L'auteur écrit à l'époque de l'agitation anti-esclavagiste.
2. Allusion aux surveillants d'esclaves des États du Sud.

Nord ; mais le pis de tout, c'est d'être le commandeur d'esclaves de vous-même. Qu'allez-vous me parler de divinité dans l'homme ! Voyez le charretier sur la grand-route, allant de jour ou de nuit au marché ; nulle divinité l'agite-t-elle[1] ? Son devoir le plus élevé, c'est de faire manger et boire ses chevaux ! Qu'est-ce que sa destinée, selon lui, comparée aux intérêts de la navigation maritime ? Ne conduit-il pas pour le compte de sieur Allons-Fouette-Cocher ? Qu'a-t-il de divin, qu'a-t-il d'immortel ? Voyez comme il se tapit et rampe, comme tout le jour vaguement il a peur, n'étant immortel ni divin, mais l'esclave et le prisonnier de sa propre opinion de lui-même, renommée conquise par ses propres hauts faits. L'opinion publique est un faible tyran comparée à notre propre opinion privée. Ce qu'un homme pense de lui-même, voilà qui règle, ou plutôt indique, son destin. L'affranchissement de soi, quand ce serait dans les provinces des Indes-Occidentales du caprice et de l'imagination — où donc le Wilberforce[2] pour en venir à bout ? Songez, en outre, aux dames du pays qui font de la frivolité en attendant le jour suprême, afin de ne pas déceler un trop vif intérêt pour leur destin ! Comme si l'on pouvait tuer le temps sans insulter à l'éternité.

---

1. *'Tis the divinity that stirs within us.* — C'est la divinité qui nous agite (Addison).
2. William Wilberforce (1759-1833), célèbre philanthrope, qui fit adopter par le Parlement sa motion en faveur de l'abolition de la traite des Noirs.

L'existence que mènent généralement les hommes en est une de tranquille désespoir. Ce que l'on appelle résignation n'est autre chose que du désespoir confirmé. De la cité désespérée vous passez dans la campagne désespérée, et c'est avec le courage du vison et du rat musqué qu'il vous faut vous consoler. Il n'est pas jusqu'à ce qu'on appelle les jeux et divertissements de l'espèce humaine qui ne recouvre un désespoir stéréotypé, quoique inconscient. Nul plaisir en eux, car celui-ci vient après le travail. Mais c'est un signe de sagesse que de ne pas faire de choses désespérées.

Si l'on considère ce qui, pour employer les termes du catéchisme, est la fin principale de l'homme, et ce que sont les véritables besoins et moyens de l'existence, il semble que ce soit de préférence à tout autre, que les hommes, après mûre réflexion, aient choisi leur mode ordinaire de vivre. Toutefois, ils croient honnêtement que nul choix ne leur est laissé. Mais les natures alertes et saines ne perdent pas de vue que le soleil s'est levé clair. Il n'est jamais trop tard pour renoncer à nos préjugés. Nulle façon de penser ou d'agir, si ancienne soit-elle, ne saurait être acceptée sans preuve. Ce que chacun répète en écho ou passe sous silence comme vrai aujourd'hui peut demain se révéler mensonge, simple fumée de l'opinion, que d'aucuns avaient prise pour le nuage appelé à répandre sur les champs une pluie fertilisante. Ce que les vieilles gens disent que vous ne pouvez faire, l'essayant vous apercevez que le pouvez fort bien. Aux vieilles gens les vieux gestes, aux nouveaux venus les gestes nouveaux.

Les vieilles gens ne savaient peut-être pas suffisamment, jadis, aller chercher du combustible pour faire marcher le feu ; les nouveaux venus mettent un peu de bois sec sous un pot et les voilà emportés autour du globe avec la vitesse des oiseaux, de façon à tuer les vieilles gens, comme on dit. L'âge n'est pas mieux qualifié, à peine l'est-il autant, pour donner des leçons, que la jeunesse, car il n'a pas autant profité qu'il a perdu. On peut à la rigueur se demander si l'homme le plus sage a appris quelque chose de réelle valeur au cours de sa vie. Pratiquement les vieux n'ont pas de conseil important à donner aux jeunes, tant a été partiale leur propre expérience, tant leur existence a été une triste erreur, pour de particuliers motifs, suivant ce qu'ils doivent croire ; et il se peut qu'il leur soit resté quelque foi capable de démentir cette expérience, seulement ils sont moins jeunes qu'ils n'étaient. Voilà une trentaine d'années que j'habite cette planète, et je suis encore à entendre de la bouche de mes aînés le premier mot de conseil précieux, sinon sérieux. Ils ne m'ont rien dit, et probablement ne peuvent rien me dire, à propos. Ici la vie, champ d'expérience de grande étendue inexploré par moi ; mais il ne me sert de rien qu'ils l'aient exploré. Si j'ai fait quelque découverte que je juge de valeur, je suis sûr, à la réflexion, que mes mentors ne m'en ont soufflé mot.

Certain fermier me déclare : « On ne peut pas

vivre uniquement de végétaux, car ce n'est pas cela qui vous fait des os » ; sur quoi le voici qui religieusement consacre une partie de sa journée à soutenir sa thèse avec la matière première des os ; marchant, tout le temps qu'il parle, derrière ses bœufs, qui grâce à des os de végétaux vont le cahotant, lui et sa lourde charrue, à travers tous les obstacles. Il est des choses réellement nécessaires à la vie dans certains milieux, les plus impuissants et les plus malades, qui dans d'autres sont uniquement de luxe, dans d'autres encore, totalement inconnues.

Il semble à d'aucuns que le territoire de la vie humaine ait été en entier parcouru par leurs prédécesseurs, monts et vaux tout ensemble, et qu'il n'est rien à quoi l'on n'ait pris garde. Suivant Evelyn, « le sage Salomon prescrivit des ordonnances relatives même à la distance des arbres ; et les prêteurs romains ont déterminé le nombre de fois qu'il est permis, sans violation de propriété, d'aller sur la terre de son voisin ramasser les glands qui y tombent, ainsi que la part qui revient à ce voisin ». Hippocrate a été jusqu'à laisser des instructions sur la façon dont nous devrions nous couper les ongles : c'est-à-dire au niveau des doigts, ni plus courts ni plus longs ! Nul doute que la lassitude et l'ennui mêmes qui se flattent d'avoir épuisé toutes les ressources et les joies de la vie ne soient aussi vieux qu'Adam. Mais on n'a jamais pris les mesures de capacité de l'homme ; et on ne saurait, suivant nuls précédents, juger de ce qu'il peut faire, si peu on a tenté. Quels qu'aient été jusqu'ici tes insuccès, « ne pleure pas, mon enfant, car où donc celui qui te désignera la partie restée inachevée de ton œuvre ? »

Il est mille simples témoignages par lesquels nous pouvons juger nos existences ; comme, par exemple, que le soleil qui mûrit mes haricots, illumine en même temps tout un système de terres comme la nôtre. M'en fussé-je souvenu que cela m'eût évité quelques erreurs. Ce n'est pas le jour sous lequel je les ai sarclés. Les étoiles sont les sommets de quels merveilleux triangles ! Quels êtres distants et différents dans les demeures variées de l'univers contemplent la même au même moment ! La nature et la vie humaine sont aussi variées que nos divers tempéraments. Qui dira l'aspect sous lequel se présente la vie à autrui ? Pourrait-il se produire miracle plus grand que pour nous de regarder un instant par les yeux les uns des autres ? Nous vivrions dans tous les âges du monde sur l'heure ; que dis-je ! dans tous les mondes des âges. Histoire, Poésie, Mythologie ! — Je ne sache pas de leçon de l'expérience d'autrui aussi frappante et aussi profitable que le serait celle-là.

Ce que mes voisins appellent bien, je le crois en mon âme, pour la majeure partie, être mal, et si je me repens de quelque chose, ce doit fort vraisemblablement être de ma bonne conduite. Quel démon m'a possédé pour que je me sois si bien conduit ? Vous pouvez dire la chose la plus sage que vous pouvez, vieillard — vous qui avez vécu soixante-dix années, non sans honneur d'une sorte —, j'entends une voix irrésistible m'attirer loin de tout cela. Une génération abandonne les entreprises d'une autre comme des vaisseaux échoués.

Je crois que nous pouvons sans danger nous bercer de confiance un tantinet plus que nous ne faisons. Nous pouvons nous départir à notre égard de tout autant de souci que nous en dispensons honnêtement ailleurs. La nature est aussi bien adaptée à notre faiblesse qu'à notre force. L'anxiété et la tension continues de certains sont à bien peu de chose près une forme incurable de maladie. On nous porte à exagérer l'importance de ce que nous faisons de travail ; et cependant qu'il en est de non fait par nous ! ou que serait-ce si nous étions tombés malades ? Que vigilants nous sommes ! déterminés à ne pas vivre par la foi si nous pouvons l'éviter ; tout le jour sur le qui-vive, le soir nous disons nos prières de mauvaise grâce et nous confions aux éventualités. Ainsi bel et bien sommes-nous contraints de vivre, vénérant notre vie, et niant la possibilité de changement. C'est le seul moyen, déclarons-nous ; mais il est autant de moyens qu'il se peut tirer de rayons d'un centre. Tout changement est un miracle à contempler ; mais c'est un miracle renouvelé à tout instant. Confucius disait : « Savoir que nous savons ce que nous savons, et que nous ne savons pas ce que nous ne savons pas, en cela le vrai savoir. » Lorsqu'un homme aura réduit un fait de l'imagination à être un fait pour sa compréhension, j'augure que tous les hommes établiront enfin leurs existences sur cette base.

Examinons un moment ce qu'en grande partie peuvent bien être le trouble et l'anxiété dont j'ai parlé, et jusqu'où il est nécessaire que nous nous montrions troublés, ou tout au moins, soucieux. Il ne serait pas sans avantage de mener une vie primitive et de frontière, quoique au milieu d'une civilisation apparente, quand ce ne serait que pour apprendre en quoi consiste le grossier nécessaire de la vie et quelles méthodes on a employées pour se le procurer ; sinon de jeter un coup d'œil sur les vieux livres de compte des marchands afin de voir ce que c'était que les hommes achetaient le plus communément dans les boutiques, ce dont ils faisaient provision, c'est-à-dire ce qu'on entend par les plus grossières épiceries. Car les améliorations apportées par les siècles n'ont eu que peu d'influence sur les lois essentielles de l'existence de l'homme : de même que nos squelettes, probablement, n'ont pas à se voir distingués de ceux de nos ancêtres.

Par les mots *nécessaire de la vie*, j'entends tout ce qui, fruit des efforts de l'homme, a été dès le début, ou est devenu par l'effet d'une longue habitude, si important à la vie humaine qu'il se trouvera peu de gens, s'il se trouve quiconque, pour tenter jamais de s'en passer, que ce soit à cause de vie sauvage, de pauvreté ou de philosophie. Pour maintes créatures il n'existe en ce sens qu'un seul nécessaire de la vie — le Vivre. Pour le bison de la prairie, cela consiste en quelques pouces d'herbe tendre, avec de l'eau à boire ; à moins qu'il ne recherche le Couvert de la forêt ou l'ombre de la montagne. Nul représentant de la gent animale ne requiert plus que le Vivre et le Couvert. Les nécessités de la vie pour l'homme en ce climat peuvent, assez exactement, se répartir sous les différentes rubriques de Vivre, Couvert, Vêtement et Combustible ; car il faut attendre que nous nous les soyons assurés pour aborder les vrais problèmes de la vie avec liberté et espoir de succès. L'homme a inventé non seulement les maisons, mais les vêtements, mais les aliments cuits ; et il se peut que de la découverte accidentelle de la chaleur produite par le feu, et de l'usage qui en est la conséquence, luxe pour commencer, naquit la présente nécessité de s'asseoir près de lui. Nous voyons les chats et les chiens acquérir la même seconde nature. Grâce à un Couvert et à un Vêtement convenables, nous retenons légitimement notre chaleur interne ; mais avec un excès de ceux-là, ou de Combustible, c'est-à-dire avec une chaleur externe plus grande que notre chaleur interne, ne peut-on dire que commence proprement la cuisine ? Darwin, le naturaliste, raconte à propos des habitants de la Terre de Feu, que dans le temps où ses propres compagnons, tous bien vêtus et assis près de la flamme, étaient loin d'avoir trop chaud, on remarquait, à sa grande surprise, que ces sauvages nus, qui se tenaient à l'écart, « ruisselaient de sueur pour se voir de la sorte rôtis ». De même, nous dit-on, le Néo-Hollandais va impunément nu, alors que l'Européen grelotte dans ses vêtements. Est-il impossible d'unir la vigueur de ces sauvages à l'intellectualité de l'homme civilisé ? Suivant Liebig, le corps de l'homme est un fourneau, et les vivres l'aliment qui entretient la combustion dans les poumons. En temps froid nous mangeons davantage, et moins en temps chaud. La chaleur animale est le résultat d'une combustion lente ; est-elle trop rapide, que se produisent la maladie et la mort ; soit par défaut d'aliment, soit par vice de tirage, le feu s'éteint. Il va sans dire que la chaleur vitale n'a pas à se voir confondue avec le feu ; mais trêve d'analogie. Il apparaît donc d'après le tableau qui précède, que l'expression *vie animale* est presque synonyme de l'expression *chaleur animale* ; car tandis que le Vivre peut être considéré comme le Combustible qui entretient le feu en nous — et le Combustible ne sert qu'à préparer ce Vivre ou à accroître la chaleur de nos corps par addition venue du dehors —, le Couvert et aussi le Vêtement ne servent qu'à retenir la *chaleur* ainsi engendrée et absorbée.

La grande nécessité, donc, pour nos corps, est de se tenir chauds, de retenir en nous la chaleur vitale. Que de peine, en conséquence, nous prenons à propos non seulement de notre Vivre, et Vêtement, et Couvert, mais de nos lits, lesquels sont nos vêtements de nuit, dépouillant nids et estomacs d'oiseaux pour préparer ce couvert à l'intérieur d'un couvert, comme la taupe a son lit d'herbe et de feuilles au fond de son terrier. Le pauvre homme est habitué à trouver que ce monde en est un bien froid ; et au froid non moins physique que social rattachons-nous directement une grande partie de nos maux. L'été, sous certains climats, rend possible à l'homme une sorte de vie paradisiaque. Le Combustible, sauf pour cuire son Vivre, lui devient alors inutile, le soleil est son feu, et beaucoup parmi les fruits se trouvent suffisamment cuits par ses rayons ; tandis que le Vivre, en général plus varié, se procure plus aisément, et que le Vêtement ainsi que le Couvert perdent totalement ou presque leur utilité. Au temps présent, et en ce pays, si j'en crois ma propre expérience, quelques ustensiles, un couteau, une hache, une bêche, une brouette, etc., et pour les gens studieux, lampe, papeterie, accès à quelques bouquins, se rangent immédiatement après le nécessaire, comme ils se procurent tous à un prix dérisoire. Ce qui n'empêche d'aucuns, non des plus sages, d'aller de l'autre côté du globe, dans des régions barbares et malsaines, se consacrer des dix ou vingt années au commerce en vue de pouvoir vivre — c'est-à-dire se tenir confortablement chauds — et en fin de compte mourir dans la Nouvelle-Angleterre. Les luxueusement riches ne se contentent pas de se tenir confortablement chauds, mais s'entourent d'une chaleur contre nature ; comme je l'ai déjà laissé entendre, ils se font cuire, cela va sans dire, *à la mode*.

Le luxe, en général, et beaucoup du soi-disant bien-être, non seulement ne sont pas indispensables, mais sont un obstacle positif à l'ascension de l'espèce humaine. Au regard du luxe et du bien-être, les sages ont de tous temps mené une vie plus simple et plus frugale que les pauvres. Les anciens philosophes, chinois, hindous, persans et grecs, représentent une classe que pas une n'égala en pauvreté pour ce qui est des richesses extérieures, ni en richesse pour ce qui est des richesses intérieures. Nous ne savons pas grand-chose sur eux. Il est étonnant que *nous* sachions d'eux autant que nous faisons. La même remarque peut s'appliquer aux réformateurs et bienfaiteurs plus modernes de leur race. Nul ne peut se dire impartial ou prudent observateur de la vie humaine, qui ne se place sur le terrain avantageux de ce que *nous* appellerons la pauvreté volontaire. D'une vie de luxe le fruit est luxure, qu'il s'agisse d'agriculture, de commerce, de littérature ou d'art. Il y a de nos jours des professeurs de philosophie, mais pas de philosophes. Encore est-il admirable de professer pour quoi il fut jadis admirable de vivre. Être philosophe ne consiste pas simplement à avoir de subtiles pensées, ni même à fonder une école, mais à chérir assez la sagesse pour mener une vie conforme à ses préceptes, une vie de simplicité, d'indépendance, de magnanimité, et de confiance. Cela consiste à résoudre quelques-uns des problèmes de la vie, non pas en théorie seulement, mais en pratique. Le succès des grands savants et penseurs, en général, est un succès de courtisan, ni royal ni viril. Ils s'accommodent de vivre tout bonnement selon la règle commune, presque comme faisaient leurs pères, et ne se montrent en nul sens les procréateurs d'une plus noble race d'hommes. Mais comment se fait-il que les hommes sans cesse dégénèrent ? Qu'est-ce qui fait que les familles s'éteignent ? De quelle nature est le luxe qui énerve et détruit les nations ? Sommes-nous bien sûrs qu'il n'en soit pas de traces dans notre propre existence ? Le philosophe est en avance sur son siècle jusque dans la forme extérieure de sa vie. Il ne se nourrit, ne s'abrite, ne se vêt ni ne se chauffe comme ses contemporains. Comment pourrait-on se dire philosophe à moins de maintenir sa chaleur vitale suivant de meilleurs procédés que les autres hommes ?

Lorsqu'un homme est chauffé suivant les différents modes que j'ai décrits, que lui faut-il ensuite ? Assurément nul surcroît de chaleur du même genre, ni nourriture plus abondante et plus riche, maisons plus spacieuses et plus splendides, vêtements plus beaux et en plus grand nombre, feux plus nombreux, plus continus et plus chauds, et le reste. Une fois qu'il s'est procuré les choses nécessaires à l'existence, s'offre une autre alternative que de se procurer les superfluités ; et c'est de se laisser aller maintenant à l'aventure sur le vaisseau de la vie, ses vacances loin d'un travail plus humble ayant commencé. Le sol, semble-t-il, convient à la semence, car elle a dirigé sa radicule de haut en bas, et voici qu'en outre elle peut diriger sa jeune pousse de bas en haut avec confiance. Pourquoi l'homme a-t-il pris si fermement racine en terre, sinon pour s'élever en semblable proportion là-haut dans les cieux ? — car les plantes nobles se voient prisées pour le fruit qu'elles finissent par porter dans l'air et la lumière, loin du sol, et reçoivent un autre traitement que les comestibles plus humbles, lesquels, tout biennaux qu'ils puissent être, se voient cultivés seulement jusqu'à ce qu'ils aient parfait leur racine, et souvent coupés au collet à cet effet, de sorte qu'en général on ne saurait les reconnaître au temps de leur floraison.

Je n'entends pas prescrire de règles aux natures fortes et vaillantes, lesquelles veilleront à leurs propres affaires tant au ciel qu'en enfer, et peut-être bâtiront avec plus de magnificence et dépenseront avec plus de prodigalité que les plus riches sans jamais s'appauvrir, ne sachant comment elles vivent — s'il en est, à vrai dire, tel qu'on en a rêvé ; plus qu'à ceux qui trouvant leur courage et leur inspiration précisément dans le présent état de choses, le choient avec la tendresse et l'enthousiasme d'amoureux — et, jusqu'à un certain point, je me reconnais de ceux-là ; je ne m'adresse pas à ceux qui ont un bon emploi, quelles qu'en soient les conditions, et ils savent s'ils ont un bon emploi ou non ; — mais principalement à la masse de mécontents qui vont se plaignant avec indolence de la dureté de leur sort ou des temps, quand ils pourraient les améliorer. Il en est qui se plaignent de tout de la façon la plus énergique et la plus inconsolable, parce qu'ils font, comme ils disent, leur devoir. J'ai en vue aussi cette classe opulente en apparence, mais de toutes la plus terriblement appauvrie, qui a accumulé la scorie, et ne sait comment s'en servir, ou s'en débarrasser, ayant ainsi de ses mains forgé ses propres chaînes d'or ou d'argent.

Si je tentais de raconter comment j'ai désiré employer ma vie au cours des années passées, il est probable que je surprendrais ceux de mes lecteurs quelque peu au courant de mon histoire actuelle ; il est certain que j'étonnerais ceux qui n'en connaissent rien. Je me contenterai de faire allusion à quelques-unes des entreprises qui ont été l'objet de mes soins.

En n'importe quelle saison, à n'importe quelle heure du jour ou de la nuit, je me suis inquiété d'utiliser l'encoche du temps, et d'en ébrécher en outre mon bâton ; de me tenir à la rencontre de deux éternités, le passé et l'avenir[1], laquelle n'est autre que le moment présent ; de me tenir de l'orteil sur cette ligne. Vous pardonnerez quelques obscurités, attendu qu'il est en mon métier plus de secrets qu'en celui de la plupart des hommes, secrets toutefois non volontairement gardés, mais inséparables de son caractère même. J'en dévoilerais volontiers tout ce que j'en sais, sans jamais peindre « Défense d'entrer » sur ma barrière.

Je perdis, il y a longtemps, un chien de chasse, un cheval bai et une tourterelle, et suis encore à leur poursuite. Nombreux sont les voyageurs aux-

1. Thomas Moore (*Lalla Rookh*).

quels je me suis adressé à leur sujet, les décrivant par leurs empreintes et par les noms auxquels ils répondaient. J'en ai rencontré un ou deux qui avaient entendu le chien, le galop du cheval, et même vu la tourterelle disparaître derrière un nuage ; ils semblaient aussi soucieux de les retrouver que si ce fussent eux-mêmes qui les eussent perdus.

Anticipons, non point simplement sur le lever du soleil et l'aurore, mais, si possible, sur la Nature elle-même ! Que de matins, été comme hiver, avant que nul voisin fût à vaquer à ses affaires, déjà l'étais-je à la mienne. Sans doute nombre de mes concitoyens m'ont-ils rencontré revenant de cette aventure, fermiers partant à l'aube pour Boston, ou bûcherons se rendant à leur travail. C'est vrai, je n'ai jamais assisté d'une façon effective le soleil en son lever, mais, n'en doutez pas, il était de toute importance d'y être seulement présent.

Que de jours d'automne, oui, et d'hiver, ai-je passés hors de la ville, à essayer d'entendre ce qui était dans le vent, l'entendre et l'emporter bien vite ! Je faillis y engloutir tout mon capital et perdre le souffle par-dessus le marché, courant à son encontre. Cela eût-il intéressé l'un ou l'autre des partis politiques, en eût-il dépendu, qu'on l'eût vu paraître dans la *Gazette* avec les nouvelles du matin. À d'autres moments guettant de l'observatoire de quelque rocher ou de quelque arbre, pour télégraphier n'importe quelle nouvelle arrivée ; ou, le soir à la cime des monts, attendant que le ciel tombe, pour tâcher de surprendre quelque chose, quoique ce que je surpris ne fût jamais abondant, et, à l'instar de la manne, refondît au soleil.

Longtemps je fus reporter d'un journal, à tirage assez restreint, dont le directeur n'a jamais encore jugé à propos d'imprimer le gros de mes articles ; et, comme il est trop ordinaire avec les écrivains, j'en fus uniquement pour mes peines. Toutefois, ici, en mes peines résida ma récompense.

Durant nombre d'années je fus inspecteur, par moi-même appointé, des tempêtes de neige comme des tempêtes de pluie, et fis bien mon service ; surveillant, sinon des grand-routes, du moins des sentiers de forêt ainsi que de tous chemins à travers les lots de terre, veillant à les tenir ouverts, et à ce que des ponts jetés sur les ravins rendissent ceux-ci franchissables en toutes saisons, là où le talon public avait témoigné de leur utilité.

J'ai gardé le bétail sauvage de la ville, lequel en sautant par-dessus les clôtures n'est pas sans causer de l'ennui au pâtre fidèle ; et j'ai tenu un œil ouvert sur les coins et recoins non fréquentés de la ferme, bien que parfois sans savoir lequel, de Jonas ou de Salomon, travaillait aujourd'hui dans tel champ — ce n'était pas mon affaire. J'ai arrosé la rouge gaylussacie, le ragouminier et le micocoulier, le pin rouge et le frêne noir, le raisin blanc et la violette jaune[1], qui, autrement, auraient dépéri au temps de la sécheresse.

1. Toutes plantes rares à Concord, et choyées par Thoreau.

Bref, je continuai de la sorte longtemps, je peux le dire sans me vanter, à m'occuper fidèlement de mon affaire, jusqu'au jour où il devint de plus en plus évident que mes concitoyens ne m'admettraient pas, après tout, sur la liste des fonctionnaires de la ville, plus qu'ils ne feraient de ma place une sinécure pourvue d'un traitement raisonnable. Mes comptes, que je peux jurer avoir tenus avec fidélité, jamais je n'arrivai, je dois le dire, à les voir apurés, encore moins acceptés, moins encore payés et réglés. Cependant je ne me suis pas arrêté à cela.

Il y a peu de temps, un Indien nomade s'en alla proposer des paniers chez un homme de loi bien connu dans mon voisinage. « Voulez-vous acheter des paniers ? » demanda-t-il. « Non, nous n'en avons pas besoin », lui fut-il répondu. « Eh quoi ! » s'exclama l'Indien en s'éloignant, « allez-vous nous faire mourir de faim ? » Ayant vu ses industrieux voisins blancs si à leur aise, — que l'homme de loi n'avait qu'à tresser des arguments, et que par l'effet d'on ne sait quelle sorcellerie il s'ensuivait argent et situation — il s'était dit : je vais me mettre dans les affaires : je vais tresser des paniers ; c'est chose à ma portée. Croyant que lorsqu'il aurait fait les paniers il aurait fait son devoir, et qu'alors ce serait celui de l'homme blanc de les acheter. Il n'avait pas découvert la nécessité pour lui de faire en sorte qu'il valût la peine pour l'autre de les acheter, ou tout au moins de l'amener à penser qu'il en fût ainsi, ou bien de fabriquer quelque chose autre que l'homme blanc crût bon d'acheter. Moi aussi j'avais tressé une espèce de paniers d'un travail délicat, mais je n'avais pas fait en sorte qu'il valût pour quiconque la peine de les acheter. Toutefois n'en pensai-je pas moins, dans mon cas, qu'il valait la peine pour moi de les tresser, et au lieu d'examiner la question de faire en sorte que les hommes crussent bon d'acheter mes paniers, j'examinai de préférence celle d'éviter la nécessité de les vendre. L'existence que les hommes louent et considèrent comme réussie n'est que d'une sorte. Pourquoi exagérer une sorte aux dépens des autres ?

M'apercevant que mes concitoyens n'allaient vraisemblablement pas m'offrir de place à la mairie, plus qu'ailleurs de vicariat ou de cure, mais qu'il me fallait me tirer d'affaire comme je pourrais, je me retournai de façon plus exclusive que jamais vers les bois, où j'étais mieux connu. Je résolus de m'établir sur-le-champ, sans attendre d'avoir acquis l'usuel pécule, en me servant des maigres ressources que je m'étais déjà procurées. Mon but, en allant à l'étang de Walden, était non pas d'y vivre à bon compte plus que d'y vivre chèrement, mais de conclure certaine affaire personnelle avec le minimum d'obstacles, et qu'il eût semblé moins triste qu'insensé de se voir empêché de mener à bien par défaut d'un peu de sens commun, d'un peu d'esprit d'entreprise et de tour de main.

Je me suis toujours efforcé d'acquérir des habitudes strictes en affaire ; elles sont indispensables à tout homme. Est-ce avec le Céleste Empire que vous trafiquez, alors quelque petit comptoir sur la côte, dans quelque port de Salem, suffira comme point d'attache. Vous exporterez tels articles qu'offre le pays, rien que des produits indigènes, beaucoup de glace et de bois de pin et un peu de granit, toujours sous pavillon indigène. Ce seront là de bonnes spéculations. Avoir l'œil sur tous les détails vous-même en personne ; être à la fois pilote et capitaine, armateur et assureur ; acheter et vendre, et tenir les comptes ; lire toutes les lettres reçues, écrire ou lire toutes les lettres à envoyer ; surveiller le déchargement des importations nuit et jour ; se trouver sur nombre de points de la côte presque à la même heure — il arrivera souvent que le fret le plus riche se verra déchargé sur une plage de New-Jersey — être votre propre télégraphe, balayant du regard l'horizon sans relâche, hélant tous les vaisseaux qui passent à destination de quelque point de la côte ; tenir toujours prête une expédition d'articles, pour alimenter tel marché aussi lointain qu'insatiable ; vous tenir vous-même informé de l'état des marchés, des bruits de guerre et de paix partout, et prévoir les tendances du commerce et de la civilisation, — mettant à profit les résultats de tous les voyages d'exploration, usant des nouveaux passages et de tous les progrès de la navigation ; — les cartes marines à étudier, la position des récifs, des phares nouveaux, des bouées nouvelles à déterminer, et toujours et sans cesse les tables de logarithmes à corriger, car il n'est pas rare que l'erreur d'un cal- culateur fait que vient se briser sur un rocher tel vaisseau qui eût dû atteindre une jetée hospitalière, — il y a le sort inconnu de La Pérouse ; — la science universelle avec laquelle il faut marcher de pair, en étudiant la vie de tous les grands explorateurs et na- vigateurs, grands aventuriers et marchands, depuis Hannon et les Phéniciens jusqu'à nos jours ; enfin, le compte des marchandises en magasin à prendre de temps à autre, pour savoir où vous en êtes. C'est un labeur à exercer les facultés d'un homme, — tous ces problèmes de profit et perte, d'intérêt, de tare et trait, y compris le jaugeage de toute sorte, qui demandent des connaissances universelles.

J'ai pensé que l'étang de Walden serait un bon centre d'affaires, non point uniquement à cause du chemin de fer et du commerce de la glace ; il offre des avantages qu'il peut ne pas être de bonne poli- tique de divulguer ; c'est un bon port et une bonne base. Pas de marais de la Neva à combler ; quoiqu'il vous faille partout bâtir sur pilotis, enfoncés de votre propre main. On prétend qu'une marée montante, avec vent d'ouest, et de la glace dans la Neva balaie- raient Saint-Pétersbourg de la face de la terre.

Attendu qu'il s'agissait d'une affaire où s'enga- ger sans le capital usuel, il peut n'être pas facile d'imaginer où ces moyens, qui seront toujours in- dispensables à pareille entreprise, se devaient trou- ver. En ce qui concerne le vêtement, pour en venir tout de suite au côté pratique de la question, peut-être en nous le procurant, sommes-nous guidés plus souvent par l'amour de la nouveauté, et certain souci de l'opinion des hommes, que par une véritable utilité. Que celui qui a du travail à faire se rappelle que l'objet du vêtement est, en premier lieu, de retenir la chaleur vitale, et, en second lieu, étant donné cet état-ci de société, de couvrir la nudité, sur quoi il évaluera ce qu'il peut accomplir de travail nécessaire ou important sans ajouter à sa garde-robe. Les rois et les reines, qui ne portent un costume qu'une seule fois, quoique fait par quelque tailleur ou couturière de leurs majestés, ignorent le bien-être de porter un costume qui vous va. Ce ne sont guère que chevalets de bois à pendre les habits du dimanche. Chaque jour nos vêtements s'assimilent davantage à nous-mêmes, recevant l'empreinte du caractère de qui les porte, au point que nous hésitons à les mettre au rancart, sans tel délai, tels remèdes médicaux et autres solennités de ce genre, tout comme nos corps. Jamais homme ne baissa dans mon estime pour porter une pièce dans ses vêtements : encore suis-je sûr qu'en général on s'inquiète plus d'avoir des vêtements à la mode, ou tout au moins bien faits et sans pièces, que d'avoir une conscience solide. Alors que l'accroc ne fût-il pas raccommodé, le pire des vices ainsi dévoilé n'est-il peut-être que l'imprévoyance. Il m'arrive parfois de soumettre les personnes de ma connaissance à des épreuves du genre de celle-ci : qui s'accommoderait de porter une pièce, sinon seulement deux coutures de trop, sur le genou ? La plupart font comme si elles croyaient que tel malheur serait la ruine de tout espoir pour elles dans la vie. Il leur serait plus aisé de gagner la ville à cloche-pied avec une jambe rompue qu'avec un pantalon fendu. Arrive-t-il un accident aux jambes d'un monsieur, que souvent on peut les raccommoder ; mais semblable accident arrive-t-il aux jambes de son pantalon, que le mal est sans remède ; car ce dont il fait cas, c'est non pas ce qui est vraiment respectable, mais ce qui est respecté. Nous connaissons peu d'hommes, mais combien de vestes et de culottes ! Habillez de votre dernière chemise un épouvantail, tenez-vous sans chemise à côté, qui ne s'empressera de saluer l'épouvantail ? Passant devant un champ de maïs l'autre jour, près d'un chapeau et d'une veste sur un pieu, je reconnus le propriétaire de la ferme. Il se ressentait seulement un peu plus des intempéries que lorsque je l'avais vu pour la dernière fois. J'ai entendu parler d'un chien qui aboyait après tout étranger approchant du bien de son maître, pourvu qu'il fût vêtu, et qu'un voleur nu faisait taire aisément. Il est intéressant de se demander jusqu'où les hommes conserveraient leur rang respectif si on les dépouillait de leurs vêtements. Pourriez-vous, en pareil cas, dire avec certitude d'une société quelconque d'hommes civilisés celui qui appartenait à la classe la plus respectée ? Lorsque Mme Pfeiffer, dans ses aventureux voyages autour du monde, de l'est à l'ouest, eut au retour atteint la Russie d'Asie, elle sentit, dit-elle, la nécessité de porter autre chose qu'un costume de voyage pour aller se présenter aux autorités, car elle « était maintenant en pays civilisé, où… l'on juge les gens sur l'habit ». Il n'est pas jusque dans les villes démocratiques de notre Nouvelle-Angleterre où la possession accidentelle de la richesse, avec sa manifestation dans la toilette et l'équipage seuls, ne vaille au possesseur presque un universel respect. Mais ceux qui dispensent tel respect, si nombreux soient-ils, ne sont à cet égard que païens, et réclament l'envoi d'un missionnaire. En outre, les vêtements ont introduit la couture, genre de travail qu'on peut appeler sans fin ; une toilette de femme, en tout cas, jamais n'est terminée.

L'homme qui à la longue a trouvé quelque chose à faire, n'aura pas besoin d'acheter un costume neuf pour le mettre à cet effet ; selon lui l'ancien suffira, qui depuis un temps indéterminé reste à la poussière dans le grenier. De vieux souliers serviront à un héros plus longtemps qu'ils n'ont servi à son valet — si héros jamais eut valet — les pieds nus sont plus vieux que les souliers, et il peut les faire aller. Ceux-là seuls qui vont en soirée et fréquentent les salles d'assemblées législatives doivent avoir des habits neufs, des habits à changer aussi souvent qu'en eux l'homme change. Mais si mes veste et culotte, mes chapeau et souliers, sont bons à ce que dedans je puisse adorer Dieu, ils feront l'affaire ; ne trouvez-vous pas ? Qui jamais vit ses vieux habits, — sa vieille veste, bel et bien usée, retournée à ses premiers éléments, au point que ce ne fût un acte de charité que de l'abandonner à quelque pauvre garçon, pour être, il se peut, abandonnée par lui à quelque autre plus pauvre encore, ou, dirons-nous, plus riche, qui pouvait s'en tirer à moins ? Oui, prenez garde à toute entreprise qui réclame des habits neufs, et non pas plutôt un porteur d'habits neuf. Si l'homme n'est pas neuf, comment faire aller les habits neufs ? Si vous avez en vue quelque entreprise, faites-en l'essai sous vos vieux habits. Ce qu'il faut aux hommes, ce n'est pas quelque chose *avec quoi faire*, mais quelque chose *à faire*, ou plutôt quelque chose *à être*. Sans doute ne devrions-nous jamais nous procurer de nouveau costume, si déguenillé ou sale que soit l'ancien, que nous n'ayons dirigé, entrepris ou navigué en quelque manière, de façon à nous sentir des hommes nouveaux dans cet ancien, et à ce que le garder équivaille à conserver du vin nouveau dans de vieilles outres. Notre saison de mue, comme celle des volatiles, doit être une crise dans notre vie. Le plongeon, pour la passer, se retire aux étangs solitaires. De même aussi le serpent rejette sa dépouille, et la chenille son habit véreux, grâce à un travail et une expansion intérieurs ; car les hardes ne sont que notre cuticule et *enveloppe mortelle*[1] extrêmes. Autrement on nous trouvera

1. *Hamlet*, acte III, sc. I.

naviguant sous un faux pavillon, et nous serons iné-
vitablement rejetés par notre propre opinion, aussi
bien que par celle de l'espèce humaine.

Nous revêtons habit sur habit, comme si nous
croissions à la ressemblance des plantes exogènes
par addition externe. Nos vêtements extérieurs, souvent minces et illusoires, sont notre épiderme ou
fausse peau, qui ne participe pas de notre vie, et dont
nous pouvons nous dépouiller par-ci par-là sans sérieux dommage ; nos habits plus épais, constamment
portés, sont notre tégument cellulaire, ou « cortex » ;
mais nos chemises sont notre liber ou véritable
écorce, qu'on ne peut enlever sans « charmer[1] » et
par conséquent détruire l'homme. Je crois que toutes les races à certains moments portent quelque
chose d'équivalent à la chemise. Il est désirable que
l'homme soit vêtu avec une simplicité qui lui per-
mette de poser les mains sur lui dans les ténèbres,
et qu'il vive à tous égards dans un état de concision
et de préparation tel que, l'ennemi vînt-il à prendre
la ville, il puisse, comme le vieux philosophe[2], sortir des portes les mains vides sans inquiétude.
Quand un seul habit, en la plupart des cas, en vaut
trois légers, et que le vêtement à bon marché s'acquiert à des prix faits vraiment pour contenter le
client ; quand on peut, pour cinq dollars, acheter

1. « Charmer », en langage forestier, signifie : faire une incision
circulaire à un arbre, opération qui le fait périr.
2. Bias, l'un des Sept Sages de la Grèce.

40

une bonne veste, qui durera un nombre égal d'années, pour deux dollars un bon pantalon, des chaussures de cuir solide pour un dollar et demi la paire, un chapeau d'été pour un quart de dollar, et une casquette d'hiver pour soixante-deux cents et demi, laquelle fabriquée chez soi pour un coût purement nominal sera meilleure encore, où donc si pauvre qui de la sorte vêtu, *sur son propre salaire*, ne trouve homme assez avisé pour lui rendre hommage ?

Demandé-je des habits d'une forme particulière, que ma tailleuse de répondre avec gravité : « On ne les fait pas comme cela aujourd'hui », sans appuyer le moins du monde sur le « On » comme si elle citait une autorité aussi impersonnelle que le Destin, et je trouve difficile de faire ce que je veux, simplement parce qu'elle ne peut croire que je veuille ce que je dis, que j'aie cette témérité. Entendant telle sentence d'oracle, je reste un moment absorbé en pensée, et j'appuie intérieurement sur chaque mot l'un après l'autre, afin d'arriver à en déterminer le sens, afin de découvrir suivant quel degré de consanguinité *On* se trouve apparenté à *moi*, et l'autorité qu'il peut avoir en une affaire qui me touche de si près ; finalement, je suis porté à répondre avec un égal mystère, et sans davantage appuyer sur le « on ». — « C'est vrai, on ne les faisait pas comme cela jusqu'alors, mais aujourd'hui on les fait comme cela. » À quoi sert de me prendre ces mesures si, oubliant de prendre celles de mon caractère, elle ne s'occupe que de la largeur de mes épaules, comme qui dirait une patère à pendre l'habit ? Ce n'est ni aux Grâces ni aux Parques que nous rendons un culte, mais à la Mode. Elle file, tisse et taille en toute autorité. Le singe en chef, à Paris, met une casquette de voyage, sur quoi tous les singes d'Amérique font de même. Je désespère parfois d'obtenir quoi que ce soit de vraiment simple et honnête fait en ce monde grâce à l'assistance des hommes. Il les faudrait auparavant passer sous une forte presse pour en exprimer les vieilles idées, de façon à ce qu'ils ne se remettent pas sur pied trop tôt, et alors se trouverait dans l'assemblée quelqu'un pour avoir une lubie en tête, éclose d'un œuf déposé là Dieu sait quand, attendu que le feu même n'arrive pas à tuer ces choses, et vous en seriez pour vos frais. Néanmoins, nous ne devons pas oublier qu'une momie passe pour nous avoir transmis du blé égyptien.

À tout prendre, je crois qu'on ne saurait soutenir que l'habillement s'est, en ce pays plus qu'en n'importe quel autre, élevé à la dignité d'un art. Aujourd'hui, les hommes s'arrangent pour porter ce qu'ils peuvent se procurer. Comme des marins naufragés ils mettent ce qu'ils trouvent sur la plage, et à petite distance, soit d'étendue, soit de temps, se moquent réciproquement de leur mascarade. Chaque génération rit des anciennes modes, tout en suivant religieusement les nouvelles. Nous portons un regard aussi amusé sur le costume d'Henri VIII ou de la reine Élisabeth que s'il s'agissait de celui du roi ou de la reine des Îles Cannibales. Tout costume une fois ôté est pitoyable et grotesque. Ce n'est que l'œil sérieux qui en darde et la vie sincère passée en lui, qui répriment le rire et consacrent le costume de n'importe qui. Qu'Arlequin soit pris de la colique, et sa livrée devra servir à cette disposition également. Le soldat est-il atteint par un boulet de canon, que les lambeaux sont seyants comme la pourpre.

Le goût puéril et barbare qu'hommes et femmes manifestent pour les nouveaux modèles fait à Dieu sait combien d'entre eux secouer le kaléidoscope et loucher dedans afin d'y découvrir la figure particulière que réclame aujourd'hui cette génération. Les fabricants ont appris que ce goût est purement capricieux. De deux modèles qui ne diffèrent que grâce à quelques fils d'une certaine couleur en plus ou en moins, l'un se vendra tout de suite, l'autre restera sur le rayon, quoique fréquemment il arrive qu'à une saison d'intervalle ce soit le dernier qui devienne le plus à la mode. En comparaison, le tatouage n'est pas la hideuse coutume pour laquelle il passe. Il ne saurait être barbare du fait seul que l'impression est à fleur de peau et inaltérable.

Je ne peux croire que notre système manufacturier soit pour les hommes le meilleur mode de se procurer le vêtement. La condition des ouvriers se rapproche de plus en plus chaque jour de celle des Anglais ; et on ne saurait s'en étonner, puisque, autant que je l'ai entendu dire ou par moi-même observé, l'objet principal est, non pas pour l'espèce humaine de se voir bien et honnêtement vêtue, mais, incontestablement, pour les corporations de pouvoir s'enrichir. Les hommes n'atteignent en fin de compte que ce qu'ils visent. Aussi, dussent-ils manquer sur-le-champ leur but, mieux vaut pour eux viser quelque chose de haut.

Pour ce qui est d'un Couvert, je ne nie pas que ce ne soit aujourd'hui un nécessaire de la vie, bien qu'on ait l'exemple d'hommes qui s'en soient passés durant de longues périodes en des contrées plus froides que celle-ci. Samuel Laing déclare que « le Lapon sous ses vêtements de peau, et dans un sac de peau qu'il se passe par-dessus la tête et les épaules, dormira toutes les nuits qu'on voudra sur la neige — par un degré de froid auquel ne résisterait la vie de quiconque à ce froid exposé sous n'importe quel costume de laine ». Il les avait vus dormir de la sorte. Encore ajoute-t-il : « Ils ne sont pas plus endurcis que d'autres. » Mais probablement, l'homme n'était pas depuis longtemps sur la terre qu'il avait déjà découvert la commodité qu'offre une maison, le bien-être domestique, locution qui peut à l'origine avoir signifié les satisfactions de la maison plus que celles de la famille, toutes partielles et accidentelles qu'elles doivent être sous les climats où la maison s'associe dans nos pensées surtout à l'hiver et à la saison des pluie, et, les deux tiers de l'année, sauf pour servir de parasol, n'est nullement nécessaire. Sous notre climat, en été, ce fut tout d'abord presque uniquement un abri pour la nuit. Dans les gazettes indiennes, un wigwam était le symbole d'une journée de marche, et une rangée de ces wigwams gravée ou peinte sur l'écorce d'un arbre signifiait que tant de fois on avait campé. L'homme n'a pas été fait si fortement charpenté ni si robuste, pour qu'il lui faille chercher à rétrécir son univers, et entourer de murs un espace à sa taille. Il fut tout d'abord nu et au grand air ; mais malgré le charme qu'il y pouvait trouver en temps calme et chaud, dans le jour, peut-être la saison pluvieuse et l'hiver, sans parler du soleil torride, eussent-ils détruit son espèce en germe s'il ne se fût hâté d'endosser le couvert d'une maison. Adam et Ève, suivant la fable, revêtirent le berceau de feuillage avant autres vêtements. Il fallut à l'homme un foyer, un lieu de chaleur, ou de bien-être, d'abord de chaleur physique, puis la chaleur des affections.

Il est possible d'imaginer un temps où, en l'enfance de la race humaine, quelque mortel entreprenant s'insinua en un trou de rocher pour abri. Tout enfant recommence le monde, jusqu'à un certain point, et se plaît à rester dehors, fût-ce dans l'humidité et le froid. Il joue à la maison tout comme au cheval, poussé en cela par un instinct. Qui ne se rappelle l'intérêt avec lequel, étant jeune, il regardait les rochers en surplomb ou les moindres abords de caverne ? C'était l'aspiration naturelle de cette part d'héritage laissée par notre plus primitif ancêtre qui survivait encore en nous. De la caverne nous sommes passés aux toits de feuilles de palmier, d'écorce et branchages, de toile tissée et tendue, d'herbe et paille, de planches et bardeaux, de pierres et tuiles. À la fin, nous ne savons plus ce que c'est que de vivre en plein air, et nos existences sont domestiques sous plus de rapports que nous ne pensons. De l'âtre au champ grande est la distance. Peut-être serait-ce un bien pour nous d'avoir à passer plus de nos jours et de nos nuits sans obstacle entre nous et les corps célestes, et que le poète parlât moins de sous un toit, ou que le saint n'y demeurât pas si longtemps. Les oiseaux ne chantent pas dans les cavernes, plus que les colombes ne cultivent leur innocence dans les colombiers.

Toutefois, se propose-t-on de bâtir une demeure, qu'il convient de montrer quelque sagacité yankee, pour ne pas, en fin de compte, se trouver à la place dans un workhouse[1], un labyrinthe sans fil, un musée, un hospice, une prison ou quelque splendide mausolée. Réfléchissez d'abord à la légèreté que peut avoir l'abri absolument nécessaire. J'ai vu des Indiens Penobscot, en cette ville, habiter des tentes de mince cotonnade, alors que la neige était épaisse de près d'un pied autour d'eux, et je songeai qu'ils eussent été contents de la voir plus épaisse pour écarter le vent. Autrefois, lorsque la façon de gagner ma vie honnêtement, en ayant du temps de reste pour mes travaux personnels, était une question qui me

1. *Workhouse*, qui veut dire « maison de travail », a le sens également de « pénitencier ».

tourmentait plus encore qu'elle ne fait aujourd'hui, car malheureusement je me suis quelque peu endurci, j'avais coutume de voir le long de la voie du chemin de fer une grande boîte, de six pieds de long sur trois de large, dans quoi les ouvriers serraient leurs outils le soir, et l'idée me vint que tout homme, à la rigueur, pourrait moyennant un dollar s'en procurer une semblable, pour, après y avoir percé quelques trous de vrille afin d'y admettre au moins l'air, s'introduire dedans lorsqu'il pleuvait et le soir, puis fermer le couvercle au crochet de la sorte avoir liberté d'amour, en son âme être libre[1]. Il ne semblait pas que ce fût la pire, ni, à tout prendre, une méprisable alternative. Vous pouviez veiller aussi tard que bon vous semblait, et, à quelque moment que vous vous leviez, sortir sans avoir le propriétaire du sol ou de la maison à vos trousses rapport au loyer. Maint homme se voit harcelé à mort pour payer le loyer d'une boîte plus large et plus luxueuse, qui n'eût pas gelé à mort en une boîte comme celle-ci. Je suis loin de plaisanter. L'économie est un sujet qui admet de se voir traité avec légèreté, mais dont on ne saurait se départir de même. Une maison confortable, pour une race rude et robuste, qui vivait le plus souvent dehors, était jadis faite ici presque entièrement de tels matériaux que la nature vous mettait tout prêts sous la main. Gookin, qui fut surintendant des Indiens sujets de la colonie de Massachu-

1. Richard Lovelace, *To Althea from Prison*.

setts, écrivant en 1674, déclare : « Les meilleures de leurs maisons sont couvertes fort proprement, de façon à tenir calfeutré et au chaud, d'écorces d'arbres, détachées de leurs troncs au temps où l'arbre est en sève, et transformées en grandes écailles, grâce à la pression de fortes pièces de bois, lorsqu'elles sont fraîches... Les maisons plus modestes sont couvertes de nattes qu'ils fabriquent à l'aide d'une espèce de jonc, et elles aussi tiennent passablement calfeutré et au chaud, sans valoir toutefois les premières... J'en ai vu de soixante ou cent pieds de long sur trente de large... Il m'est arrivé souvent de loger dans leurs wigwams, et je les ai trouvés aussi chauds que les meilleures maisons anglaises. » Il ajoute qu'à l'intérieur le sol était ordinairement recouvert et les murs tapissés de nattes brodées d'un travail excellent, et qu'elles étaient meublées d'ustensiles divers. Les Indiens étaient allés jusqu'à régler l'effet du vent au moyen d'une natte suspendue au-dessus du trou qui s'ouvrait dans le toit et mue par une corde. Dans le principe, un abri de ce genre se construisait en un jour ou deux tout au plus, pour être démoli et emporté en quelques heures ; et il n'était pas de famille qui ne possédât le sien, ou son appartement en l'un d'eux.

À l'état sauvage toute famille possède un abri valant les meilleurs, et suffisant pour ses besoins primitifs et plus simples ; mais je ne crois pas exagérer en disant que si les oiseaux du ciel ont leurs nids, les renards leurs tanières, et les sauvages leurs wigwams, il n'est pas dans la société civilisée moderne plus de la moitié des familles qui possède un abri. Dans les grandes villes et cités, où prévaut spécialement la civilisation, le nombre de ceux qui possèdent un abri n'est que l'infime minorité. Le reste paie pour ce vêtement le plus extérieur de tous, devenu indispensable été comme hiver, un tribut annuel qui suffirait à l'achat d'un village entier de wigwams indiens, mais qui pour l'instant contribue au maintien de sa pauvreté sa vie durant. Je ne veux pas insister ici sur le désavantage de la location comparée à la possession, mais il est évident que si le sauvage possède en propre son abri, c'est à cause du peu qu'il coûte, tandis que si l'homme civilisé loue en général le sien, c'est parce qu'il n'a pas le moyen de le posséder ; plus qu'il ne finit à la longue par avoir davantage le moyen de le louer. Mais, répond-on, il suffit au civilisé pauvre de payer cette taxe pour s'assurer une demeure qui est un palais comparée à celle du sauvage. Une redevance annuelle de vingt-cinq à cent dollars — tels sont les prix du pays — lui donne droit aux avantages des progrès réalisés par les siècles, appartements spacieux, peinture et papier frais, cheminée Rumford, enduit de plâtre, jalousies, pompe en cuivre, serrure à ressort, l'avantage d'une cave, et maintes autres choses. Mais comment se fait-il que celui qui passe pour jouir de tout cela soit si communément un civilisé *pauvre*, alors que le sauvage qui ne le possède pas soit riche comme un sauvage ? Si l'on affirme que la civilisation est un progrès réel dans la condition de l'homme — et je crois qu'elle l'est mais que les sages seulement utilisent leurs avantages, — il faut montrer qu'elle a produit de meilleures habitations sans les rendre plus coûteuses ; or le coût d'une chose est le montant de ce que j'appellerai la vie requise en échange, immédiatement ou à la longue. Une maison moyenne dans ce voisinage coûte peut-être huit cents dollars, et pour amasser cette somme il faudra de dix à quinze années de la vie du travailleur, même s'il n'est pas chargé de famille — en estimant la valeur pécuniaire du travail de chaque homme à un dollar par jour, car si certains reçoivent plus, d'autres reçoivent moins —, de sorte qu'en général il lui aura fallu passer plus de la moitié de sa vie avant d'avoir gagné *son* wigwam. Le supposons-nous au lieu de cela payer un loyer, que c'est tout simplement le choix douteux entre deux maux. Le sauvage eût-il été sage d'échanger son wigwam contre un palais à de telles conditions ?

On devinera que je ramène, autant qu'il y a de l'individu, presque tout l'avantage de garder une propriété superflue comme fond en réserve pour l'avenir, surtout au défraiement des dépenses funéraires. Mais peut-être l'homme n'est-il pas requis de s'ensevelir lui-même. Néanmoins voilà qui indique une distinction importante entre le civilisé et le sauvage ; et sans doute a-t-on des intentions sur nous pour notre bien, en faisant de la vie d'un peuple civilisé une *institution*, dans laquelle la vie de l'individu se voit à un degré considérable absorbée, en vue de conserver et perfectionner celle de la race. Mais je désire montrer grâce à quel sacrifice s'obtient actuellement cet avantage, et suggérer que nous pouvons peut-être vivre de façon à nous assurer tout l'avantage sans avoir en rien à souffrir du désavantage. Qu'entendez-vous en disant que le pauvre, vous l'avez toujours avec vous, ou que les pères ont mangé des raisins verts, et les dents des enfants en sont agacées[1] ?

« Je suis vivant, dit le Seigneur, vous n'aurez plus lieu de dire ce proverbe en Israël. »

« Voici, toutes les âmes sont à moi ; l'âme du fils comme l'âme du père, l'une et l'autre sont à moi ; l'âme qui pèche c'est celle qui mourra[2]. »

Si j'envisage mes voisins, les fermiers de Concord, au moins aussi à leur aise que les gens des autres classes, je constate que, pour la plupart, ils ont peiné vingt, trente ou quarante années pour devenir les véritables propriétaires de leurs fermes, qu'en général ils ont héritées avec des charges, ou achetées avec de l'argent emprunté à intérêt, — et nous pouvons considérer un tiers de ce labeur comme représentant le coût de leurs maisons — mais qu'ordinairement ils n'ont pas encore payées. Oui, les charges quelquefois l'emportent sur la valeur de la

---

1. Jean, XII, 3.
2. Ézéchiel, XVIII, 2, 3, 4.

ferme, au point que la ferme elle-même devient toute une lourde charge, sans qu'il manque de se trouver un homme pour en hériter, lequel déclare la connaître à fond, comme il dit. M'adressant aux répartiteurs d'impôts, je m'étonne d'apprendre qu'ils sont incapables de nommer d'emblée douze personnes de la ville en possession de fermes franches et nettes de toute charge. Si vous désirez connaître l'histoire de ces domaines, interrogez la banque où ils sont hypothéqués. L'homme qui a bel et bien payé sa ferme grâce au travail fourni dessus est si rare que tout voisin peut le montrer du doigt. Je me demande s'il en existe trois à Concord. Ce qu'on a dit des marchands, qu'une très forte majorité, même quatre-vingt-dix-sept pour cent, sont assurés de faire faillite, est également vrai des fermiers. Pour ce qui est des marchands, cependant, l'un d'eux déclare avec justesse que leurs faillites, en grande partie, ne sont pas de véritables faillites pécuniaires, mais de simples manquements à remplir leurs engagements, parce que c'est incommode, — ce qui revient à dire que c'est le moral qui flanche. Mais voilà qui aggrave infiniment le cas, et suggère, en outre, que selon toute probabilité les trois autres eux-mêmes ne réussissent pas à sauver leurs âmes, et sont peut-être banqueroutiers dans un sens pire que ceux qui font honnêtement faillite. La banqueroute et la dénégation de dettes sont les tremplins d'où s'élance pour opérer ses culbutes pas mal de notre civilisation, tandis que le sauvage, lui, reste debout sur la planche non élastique de la famine. N'empêche que le concours agricole du Middlesex se passe ici chaque année avec *éclat*[1], comme si tous les rouages de la machine agricole étaient bien graissés.

Le fermier s'efforce de résoudre le problème d'une existence suivant une formule plus compliquée que le problème lui-même. Pour se procurer ses cordons de souliers il spécule sur des troupeaux de bétail. Avec un art consommé il a tendu son piège à l'aide d'un cheveu pour attraper confort et indépendance, et voilà qu'en faisant demi-tour il s'est pris la jambe dedans. Telle la raison pour laquelle il est pauvre ; et c'est pour semblable raison que tous nous sommes pauvres relativement à mille conforts sauvages, quoique entourés de luxe. Comme Chapman le chante[2] :

The false society of men —
— for earthly greatness
All heavenly comforts rarefies to air[3].

Et lorsque le fermier possède enfin sa maison, il se peut qu'au lieu d'en être plus riche il en soit plus

1. En français dans le texte.
2. George Chapman (1559-1634), poète et auteur dramatique anglais, ayant eu le sens profond de son devoir et de sa responsabilité comme poète et penseur. Eut bien entendu maille à partir avec le gouvernement et les gens de son temps.
3.   La fausse société des hommes —
                — pour la grandeur terrestre
                Dissout à néant toutes douceurs célestes.

pauvre, et que ce soit la maison qui le possède. Si je comprends bien, ce fut une solide objection présentée par Momus contre la maison que bâtit Minerve, qu'elle ne « l'avait pas faite mobile, grâce à quoi l'on pouvait éviter un mauvais voisinage » ; et encore peut-on la présenter, car nos maisons sont une propriété si difficile à remuer que bien souvent nous y sommes en prison plutôt qu'en un logis ; et le mauvais voisinage à éviter est bien la gale qui nous ronge. Je connais en cette ville-ci une ou deux familles, pour le moins, qui depuis près d'une génération désirent vendre leurs maisons situées dans les environs pour aller habiter le village[1] sans pouvoir y parvenir, et que la mort seule délivrera.

Il va sans dire que la *majorité* finit par être à même soit de posséder soit de louer la maison moderne avec tous ses perfectionnements. Dans le temps qu'elle a passé à perfectionner nos maisons, la civilisation n'a pas perfectionné de même les hommes appelés à les habiter. Elle a créé des palais, mais il était plus malaisé de créer des gentilshommes et des rois. Et *si le but poursuivi par l'homme civilisé n'est pas plus respectable que celui du sauvage, si cet homme emploie la plus grande partie de sa vie à se procurer uniquement un nécessaire et un bien-être grossiers, pourquoi aurait-il une meilleure habitation que l'autre ?*

1. Les Américains de cette époque employaient le mot *village* pour *ville*.

Mais quel est le sort de la pauvre *minorité* ? Peut-être reconnaîtra-t-on que juste en la mesure où les uns se sont trouvés au point de vue des conditions extérieures placés au-dessus du sauvage, les autres se sont trouvés dégradés au-dessous de lui. Le luxe d'une classe se voit contrebalancé par l'indigence d'une autre. D'un côté le palais, de l'autre les hôpitaux et le « pauvre honteux ». Les myriades qui bâtirent les pyramides destinées à devenir les tombes des pharaons étaient nourries d'ail, et sans doute n'étaient pas elles-mêmes décemment enterrées. Le maçon qui met la dernière main à la corniche du palais retourne le soir peut-être à une hutte qui ne vaut pas un wigwam. C'est une erreur de supposer que dans un pays où existent les témoignages usuels de la civilisation, la condition d'une très large part des habitants ne peut être aussi avilie que celle des sauvages. Je parle des pauvres avilis, non pas pour le moment des riches avilis. Pour l'apprendre nul besoin de regarder plus loin que les cabanes qui partout bordent nos voies de chemins de fer, ce dernier progrès de la civilisation ; où je vois en mes tournées quotidiennes des êtres humains vivre dans des porcheries, et tout l'hiver la porte ouverte, pour y voir, sans la moindre provision de bois apparente, souvent imaginable, où les formes des jeunes comme des vieux sont à jamais ratatinées par la longue habitude de trembler de froid et de misère, où le développement de tous leurs membres et facultés se trouve arrêté. Il est certainement bon de regarder cette classe grâce au labeur de laquelle s'accomplissent les travaux qui distinguent cette génération. Telle est aussi, à un plus ou moins haut degré la condition des ouvriers de tout ordre en Angleterre, le grand workhouse du monde. Encore pourrais-je vous renvoyer à l'Irlande, que la carte présente comme une de ses places blanches ou éclairées. Mettez en contraste la condition physique de l'Irlandais avec celle de l'Indien de l'Amérique du Nord, ou de l'insulaire de la mer du Sud, ou de toute autre race sauvage avant qu'elle se soit dégradée au contact de l'homme civilisé. Cependant je n'ai aucun doute que ceux qui gouvernent ce peuple ne soient doués d'autant de sagesse que la moyenne des gouvernants civilisés. Sa condition prouve simplement le degré de malpropreté compatible avec la civilisation. Guère n'est besoin de faire allusion maintenant aux travailleurs de nos États du Sud, qui produisent les objets principaux d'exportation de ce pays et ne sont eux-mêmes qu'un produit marchand du Sud. Je m'en tiendrai à ceux qui passent pour être dans des conditions *ordinaires*.

On dirait qu'en général les hommes n'ont jamais réfléchi à ce que c'est qu'une maison, et sont réellement quoique inutilement pauvres toute leur vie parce qu'ils croient devoir mener la même que leurs voisins. Comme s'il fallait porter n'importe quelle sorte d'habit que peut vous couper le tailleur, ou, en quittant progressivement le chapeau de feuille de palmier ou la casquette de marmotte, se plaindre de la dureté des temps parce que vos moyens ne vous permettent pas de vous acheter une couronne ! Il est possible d'inventer une maison encore plus commode et plus luxueuse que celle que nous avons, laquelle cependant tout le monde admettra qu'un homme ne saurait suffire à payer. Travaillerons-nous toujours à nous procurer davantage, et non parfois à nous contenter de moins ? Le respectable bourgeois enseignera-t-il ainsi gravement, de précepte et d'exemple, la nécessité pour le jeune homme de se pourvoir, avant de mourir, d'un certain nombre de « caoutchoucs » superflus, et de parapluies, et de vaines chambres d'amis pour de vains amis ? Pourquoi notre mobilier ne serait-il pas aussi simple que celui de l'Arabe ou de l'Indien ? Lorsque je pense aux bienfaiteurs de la race, ceux que nous avons apothéosés comme messagers du ciel, porteurs de dons divins à l'adresse de l'homme, je n'imagine pas de suite sur leurs talons, plus que de charretée de meubles à la mode. Ou me faudra-t-il reconnaître — singulière reconnaissance ! — que notre mobilier doit être plus compliqué que celui de l'Arabe, en proportion de notre supériorité morale et intellectuelle sur lui ? Pour le présent nos maisons en sont encombrées, et toute bonne ménagère en pousserait volontiers la majeure partie au fumier pour ne laisser pas inachevée sa besogne matinale. La besogne matinale ! Par les rougeurs de l'Aurore et la musique de Memnon, quelle devrait être la *besogne matinale* de l'homme en ce monde ? J'avais trois morceaux de pierre calcaire sur mon bureau, mais je fus épouvanté de m'apercevoir qu'ils demandaient à être époussetés chaque jour, alors que le mobilier de mon esprit était encore tout non épousseté. Écœuré, je les jetai par la fenêtre. Comment, alors, aurais-je eu une maison garnie de meubles ? Plutôt me serais-je assis en plein air, car il ne s'amoncelle pas de poussière sur l'herbe, sauf où l'homme a entamé le sol.

C'est le voluptueux, c'est le dissipé, qui lancent les modes que si scrupuleusement suit le troupeau. Le voyageur qui descend dans les bonnes maisons, comme on les appelle, ne tarde pas à s'en apercevoir, car les aubergistes le prennent pour un Sardanapale, et s'il se soumettait à leurs tendres attentions, il ne tarderait pas à se voir complètement émasculé. Je crois qu'en ce qui concerne la voiture de chemin de fer nous inclinons à sacrifier plus au luxe qu'à la sécurité et la commodité, et que, sans atteindre à celles-ci, elle menace de ne devenir autre chose qu'un salon moderne, avec ses divans, ses ottomanes, ses stores, et cent autres choses orientales, que nous emportons avec nous vers l'ouest, inventées pour les dames du harem et ces habitants efféminés du Céleste Empire, dont Jonathan devrait rougir de connaître les noms. J'aimerais mieux m'asseoir sur une citrouille et l'avoir à moi seul, qu'être pressé par la foule sur un coussin de velours. J'aimerais mieux parcourir la terre dans un char à bœufs, avec une libre circulation d'air, qu'aller au ciel dans la voiture de fantaisie d'un train d'excursion en respirant la *malaria* tout le long de la route.

La simplicité et la nudité mêmes de la vie de l'homme aux âges primitifs impliquent au moins cet avantage, qu'elles le laissaient n'être qu'un passant dans la nature. Une fois rétabli par la nourriture et le sommeil il contemplait de nouveau son voyage. Il demeurait, si l'on peut dire, sous la tente ici-bas, et passait le temps à suivre les vallées, à traverser les plaines, ou à grimper au sommet des monts. Mais voici les hommes devenus les outils de leurs outils ! L'homme qui en toute indépendance cueillait les fruits lorsqu'il avait faim est devenu un fermier : et celui qui debout sous un arbre en faisait son abri, un maître de maison. Nous ne campons plus aujourd'hui pour une nuit, mais nous étant fixés sur la terre avons oublié le ciel. Nous avons adopté le christianisme simplement comme une méthode perfectionnée *d'agri*-culture. Nous avons bâti pour ce monde-ci une résidence de famille et pour le prochain une tombe de famille. Les meilleures œuvres d'art sont l'expression de la lutte que soutient l'homme pour s'affranchir de cet état, mais tout l'effet de notre art est de rendre confortable cette basse condition-ci et de nous faire oublier cette plus haute condition-là. Il n'y a véritablement pas place en ce village pour l'érection d'une œuvre des *beaux*-arts, s'il nous en était venu la moindre, car nos existences, nos maisons, nos rues, ne lui fournissent nul piédestal convenable. Il n'y a pas un clou pour y pendre un tableau, pas une planche pour recevoir le buste d'un héros ou d'un saint. Lorsque je réfléchis à la façon dont nos maisons sont bâties, au prix que nous les payons, ou ne payons pas, et à ce qui préside à la conduite comme à l'entretien de leur économie intérieure, je m'étonne que le plancher ne cède pas sous les pieds du visiteur dans le temps qu'il admire les bibelots couvrant la cheminée, pour le faire passer dans la cave jusqu'à quelque solide et honnête quoique terreuse fondation. Je ne peux m'empêcher de remarquer que cette vie soi-disant riche et raffinée est une chose sur laquelle on a bondi, et je me rends malaisément compte des délices offertes par les *beaux-arts* qui l'adornent, mon attention étant tout entière absorbée par le bond ; je me rappelle en effet que le plus grand saut naturel dû aux seuls muscles humains, selon l'histoire, est celui de certains Arabes nomades, qui passent pour avoir franchi vingt-cinq pieds en terrain plat. Sans appui factice l'homme est sûr de revenir à la terre au-delà de cette distance. La première question que je suis tenté de poser au propriétaire d'une pareille impropriété est : « Qui vous étaye ? Êtes-vous l'un des quatre-vingt-dix-sept qui font faillite, ou l'un des trois qui réussissent ? Répondez à ces questions, et peut-être alors pourrai-je regarder vos babioles en les trouvant ornementales. La charrue devant les bœufs n'est belle ni utile. Avant de pouvoir orner nos maisons de beaux objets, il faut en mettre à nu les murs, comme il faut mettre à nu nos existences, puis poser pour fondement une belle conduite de maison et une belle conduite de vie : or c'est surtout en plein air, où il n'est maison ni maître de maison, que se cultive le goût du beau.

Le vieux Johnson en son *Wonder-Working Providence*[1], parlant des premiers colons de cette ville-ci, colons dont il était le contemporain, nous dit : « Ils se creusent un trou en guise de premier abri au pied de quelque versant de colline, et, après avoir lancé le déblai en l'air sur du bois de charpente, font un feu fumeux contre la terre, du côté le plus élevé. » Ils ne « se pourvurent de maisons », ajoute-t-il, « que lorsque la terre, grâce à Dieu, produisit du pain pour les nourrir », et si légère fut la récolte de la première année qu'« ils durent, pendant un bon moment, couper leur pain très mince ». Le secrétaire de la province des Nouveaux Pays-Bas, écrivant en hollandais, en 1650, pour l'enseignement de qui désirait y acquérir des terres, constate de façon plus spéciale que « ceux qui, dans les Nouveaux Pays-Bas, et surtout en Nouvelle-Angleterre, n'ont pas les moyens de commencer par construire des maisons de ferme suivant leurs désirs creusent une fosse carrée dans le sol, en forme de cave, de six à sept pieds de profondeur, de la longueur et de la

1. Traduction: *La Providence en Travail de Merveiles*, histoire de la fondation et des premiers temps du Massachusetts.

largeur qu'ils jugent convenables, revêtent de bois la terre à l'intérieur tout autour du mur, et tapissent ce bois d'écorce d'arbre ou de quelque chose autre afin de prévenir les éboulements ; planchéient cette cave, et la lambrissent au-dessus de la tête en guise de plafond, élèvent un toit d'espars sur le tout, et couvrent ces espars d'écorce ou de mottes d'herbe, de manière à pouvoir vivre au sec et au chaud en ces maisons, eux et tous les leurs, des deux, trois et quatre années, étant sous-entendu qu'on fait traverser de cloisons ces caves adaptées à la mesure de la famille. Les riches et principaux personnages de la Nouvelle-Angleterre, au début des colonies, commencèrent leurs premières habitations dans ce style, pour deux motifs : premièrement, afin de ne pas perdre de temps à bâtir, et ne pas manquer de nourriture à la saison suivante ; secondement, afin de ne pas rebuter le peuple de travailleurs pauvres qu'ils amenaient par cargaisons de la mère-patrie. Au bout de trois ou quatre ans, le pays une fois adapté à l'agriculture, ils se construisirent de belles maisons, auxquelles ils consacrèrent des milliers de dollars. »

En ce parti adopté par nos ancêtres il y avait tout au moins un semblant de prudence, comme si leur principe était de satisfaire d'abord aux plus urgents besoins. Mais est-ce aux plus urgents besoins que l'on satisfait aujourd'hui ? Si je songe à acquérir pour moi-même quelqu'une de nos luxueuses habitations, je m'en vois détourné, car, pour ainsi parler, le pays n'est pas encore adapté à l'*humaine* culture, et nous sommes encore forcés de couper notre pain *spirituel* en tranches beaucoup plus minces que ne faisaient nos ancêtres leur pain de froment. Non point que tout ornement architectural soit à négliger même dans les périodes les plus primitives ; mais que nos maisons commencent par se garnir de beauté, là où elles se trouvent en contact avec nos existences, comme l'habitacle du coquillage, sans être étouffées dessous. Hélas ! j'ai pénétré dans une ou deux d'entre elles et sais de quoi elles sont garnies.

Bien que nous ne soyons pas dégénérés au point de ne pouvoir à la rigueur vivre aujourd'hui dans une grotte ou dans un wigwam, sinon porter des peaux de bête, il est mieux certainement d'accepter les avantages, si chèrement payés soient-ils, qu'offrent l'invention et l'industrie du genre humain. En tel pays que celui-ci, planches et bardeaux, chaux et briques, sont meilleur marché et plus faciles à trouver que des grottes convenables, ou des troncs entiers, ou de l'écorce en quantités suffisantes, ou même de l'argile bien trempée ou des pierres plates. Je parle de tout cela en connaissance de cause, attendu que je m'y suis initié de façon à la fois théorique et pratique. Avec un peu plus d'entendement, nous pourrions employer ces matières premières à devenir plus riches que les plus riches d'aujourd'hui, et à faire de notre civilisation une grâce du ciel. L'homme civilisé n'est autre qu'un sauvage de plus d'expérience et de plus de sagesse. Mais hâtons-nous d'en venir à ma propre expérience.

Vers la fin de mars 1845, ayant emprunté une hache, je m'en allai dans les bois qui avoisinent l'étang de Walden, au plus près duquel je me proposais de construire une maison, et me mis à abattre quelques grands pins Weymouth fléchus, encore en leur jeunesse, comme bois de construction. Il est difficile de commencer sans emprunter, mais sans doute est-ce la plus généreuse façon de souffrir que vos semblables aient un intérêt dans votre entreprise. Le propriétaire de la hache, comme il en faisait l'abandon, déclara que c'était la prunelle de son œil ; mais je la lui rendis plus aiguisée que je ne la reçus. C'était un aimable versant de colline que celui où je travaillais, couvert de bois de pins, à travers lesquels je promenais mes regards sur l'étang, et d'un libre petit champ au milieu d'eux, d'où s'élançaient des pins et des hickorys. La glace de l'étang qui n'avait pas encore fondu, malgré quelques espaces découverts, se montrait toute de couleur sombre et saturée d'eau. Il survint quelques légères chutes de neige dans le temps que je travaillais là ; mais en général, lorsque je m'en revenais au chemin de fer pour rentrer chez moi, son amas de sable jaune s'allongeait au loin, miroitant dans l'atmosphère brumeuse, les rails brillaient sous le soleil printanier, et j'entendais l'alouette[1], le pewee et d'autres oiseaux

---

1. Il s'agit ici de la « meadow-lark », mot à mot : alouette des prés, se rapprochant de notre sansonnet.

déjà là pour inaugurer une nouvelle année avec nous. C'étaient d'aimables jours de printemps, où l'hiver du mécontentement de l'homme[1] fondait tout comme le gel de la terre, et où la vie après être restée engourdie commençait à s'étirer. Un jour que ma hache s'étant défaite j'avais coupé un hickory vert pour fabriquer un coin, enfoncé ce coin à l'aide d'une pierre, et mis le tout à tremper dans une mare pour faire gonfler le bois, je vis un serpent rayé entrer dans l'eau, au fond de laquelle il resta étendu, sans en paraître incommodé, aussi longtemps que je restai là, c'est-à-dire plus d'un quart d'heure ; peut-être parce qu'il était encore sous l'influence de la léthargie. Il me parut qu'à semblable motif les hommes doivent de rester dans leur basse et primitive condition présente ; mais s'ils venaient à sentir l'influence du printemps des printemps les réveiller, ils s'élèveraient nécessairement à une vie plus haute et plus éthérée. J'avais auparavant vu sur mon chemin, par les matins de gelée, les serpents attendre que le soleil dégelât des portions de leurs corps demeurées engourdies et rigides. Le premier avril il plut et la glace fondit, et aux premières heures du jour, heures d'épais brouillard, j'entendis une oie traînarde, qui devait voler à tâtons de côté et d'autre au-dessus de l'étang, cacarder comme perdue, ou tel l'esprit du brouillard.

Ainsi continuai-je durant quelques jours à couper

1. Shakespeare, *Richard III*.

et façonner du bois de charpente, aussi des étais et des chevrons, tout cela avec ma modeste hache, sans nourrir beaucoup de pensées communicables ou savantes, en me chantant à moi-même :

> Men say they know many things ;
> But lo ! they have taken wings, —
> The arts and sciences,
> And a thousand appliances :
> The wind that blows
> Is all that anybody knows[1].

Je taillai les poutres principales de six pouces carrés, la plupart des étais sur deux côtés seulement, les chevrons et solives sur un seul côté, en laissant dessus le reste de l'écorce, de sorte qu'ils étaient tout aussi droits et beaucoup plus forts que ceux qui passent par la scie. Il n'est pas de pièce qui ne fût avec soin mortaisée ou tenonnée à sa souche, car vers ce temps-là j'avais emprunté d'autres outils. Mes journées dans les bois n'en étaient pas de bien longues : toutefois j'emportais d'ordinaire mon dîner de pain et de beurre, et lisais le journal qui l'enveloppait, à midi, assis parmi les rameaux verts détachés par moi des pins, tandis qu'à ma miche se

1.
L'homme prétend à maint savoir ;
N'a-t-il les ailes de l'espoir —
Les arts et les sciences,
Et mille conséquences ?
Le vent qui renaît,
Voilà ce qu'on sait.

communiquait un peu de leur senteur, car j'avais les mains couvertes d'une épaisse couche de résine. Avant d'avoir fini j'étais plutôt l'ami que l'ennemi des pins, quoique j'en eusse abattu quelques-uns, ayant fait avec eux plus ample connaissance. Parfois il arrivait qu'un promeneur dans le bois s'en vînt attiré par le bruit de ma hache, et nous bavardions gaiement par-dessus les copeaux dont j'étais l'auteur.

Vers le milieu d'avril, car je ne mis nulle hâte dans mon travail, et tâchai plutôt de le mettre à profit, la charpente de ma maison, achevée, était prête à se voir dressée. J'avais acheté déjà la cabane de James Collins, un Irlandais qui travaillait au chemin de fer de Fitchburg, pour avoir des planches. La cabane de James Collins passait pour particulièrement belle. Lorsque j'allai la voir il était absent. Je me promenai tout autour, d'abord inaperçu de l'intérieur, tant la fenêtre en était renforcée et haut placée. De petites dimensions, elle avait un toit de cottage en pointe, et l'on n'en pouvait voir guère davantage, entourée qu'elle se trouvait d'une couche de boue épaisse de cinq pieds, qu'on eût prise pour un amas d'engrais. Le toit en était la partie la plus saine, quoique le soleil en eût déjeté et rendu friable une bonne portion. De seuil, il n'était question, mais à sa place un passage à demeure pour les poules sous la planche de la porte. Mrs C. vint à cette porte et me demanda de vouloir bien prendre un aperçu de l'intérieur. Mon approche provoqua l'entrée préalable des poules. Il y faisait noir, et le plancher, rien qu'une planche par-ci par-là qui ne supporterait pas le déplacement, en grande partie recouvert de saleté, était humide, visqueux, et faisait frissonner. Elle alluma une lampe pour me montrer l'intérieur du toit et des murs, et aussi que le plancher s'étendait jusque sous le lit, tout en me mettant en garde contre une incursion dans la cave, sorte de trou aux ordures profond de deux pieds. Suivant ses propres paroles, c'étaient « de bonnes planches en l'air, de bonnes planches tout autour, et une bonne fenêtre » — de deux carreaux tout entiers à l'origine, sauf que le chat était dernièrement sorti par là. Il y avait un poêle, un lit, et une place pour s'asseoir, un enfant là tel qu'il était né, une ombrelle de soie, un miroir à cadre doré, un moulin à café neuf et breveté, cloué à un plançon de chêne, un point, c'est tout. Le marché fut tôt conclu, car James, sur les entrefaites, était rentré. J'aurais à payer ce soir quatre dollars vingt-cinq cents, et lui à déguerpir à cinq heures demain matin sans vendre à personne autre d'ici là : j'entrerais en possession à six heures. Il serait bon, ajouta-t-il, d'être là de bonne heure, afin de prévenir certaines réclamations pas très claires et encore moins justes rapport à la redevance et au combustible. C'était là, m'assura-t-il, le seul et unique ennui. À six heures je le croisai sur la route, lui et sa famille. Tout leur avoir — lit, moulin à café, miroir, poules — tenait en un seul gros paquet, tout sauf le chat ; ce dernier s'adonna aux bois, où il devint chat sauvage et, suivant ce que j'appris dans la suite, mit la patte dans un piège à marmottes, pour ainsi devenir en fin de compte un chat mort.

Je démolis cette demeure le matin même, en retirai les clous, et la transportai par petites charretées au bord de l'étang, où j'étendis les planches sur l'herbe pour y blanchir et se redresser au soleil. Certaine grive matinale lança une note ou deux en mon honneur comme je suivais en voiture le sentier des bois. Je fus traîtreusement averti par un jeune Patrick que dans les intervalles du transport le voisin Seeley, un Irlandais, transférait dans ses poches les clous, crampons et chevilles encore passables, droits et enfonçables, pour rester là, quand je revenais, à bavarder, et comme si de rien n'était, de son air le plus innocent, lever les yeux de nouveau sur le désastre ; il y avait disette d'ouvrage, comme il disait. Il était là pour représenter l'assistance et contribuer à ne faire qu'un de cet événement en apparence insignifiant avec l'enlèvement des dieux de Troie.

Je creusai ma cave dans le flanc d'une colline dont la pente allait sud, là où une marmotte avait autrefois creusé son terrier, à travers des racines de sumac et de ronces, et la plus basse tache de végétation, six pieds carrés sur sept de profondeur, jusqu'à un sable fin où les pommes de terre ne gèleraient pas par n'importe quel hiver. Les côtés furent laissés en talus, et non maçonnés ; mais le soleil n'ayant jamais brillé sur eux, le sable s'en tient encore en place. Ce fut l'affaire de deux heures de travail. Je pris un plaisir tout particulier à entamer ainsi le sol, car il n'est guère de latitudes où les hommes ne fouillent la terre, en quête d'une température égale. Sous la plus magnifique maison de la ville se trouvera encore la cave où l'on met en provision ses racines comme jadis, et longtemps après que l'édifice aura disparu la postérité retrouvera son encoche dans la terre. La maison n'est toujours qu'une sorte de porche à l'entrée d'un terrier.

Enfin, au commencement de mai, avec l'aide de quelques-unes de mes connaissances, plutôt pour mettre à profit si bonne occasion de voisiner que par toute autre nécessité, je dressai la charpente de ma maison. Nul ne fut jamais plus que moi honoré en la personne de ses fondateurs. Ils sont destinés, j'espère, à assister un jour à la fondation d'édifices plus majestueux. Je commençai à occuper ma maison le 4 juillet, dès qu'elle fut pourvue de planches et de toit, car les planches étant soigneusement taillées en biseau et posées en recouvrement, elle se trouvait impénétrable à la pluie ; mais avant d'y mettre les planches, je posai à l'une des extrémités les bases d'une cheminée, en montant de l'étang sur la colline deux charretées de pierre dans mes bras. Je construisis la cheminée après mon sarclage en automne, avant que le feu devînt nécessaire pour se chauffer, et fis, en attendant, ma cuisine dehors par terre, de bonne heure le matin ; manière de procéder que je crois encore à certains égards plus commode et plus agréable que la manière usuelle. Faisait-il de l'orage avant que mon pain fût cuit, que j'assujettissais quelques planches au-dessus du feu, m'asseyais dessous pour surveiller ma miche, et passais de la sorte quelques heures charmantes. En ce temps où mes mains étaient fort occupées, je ne lus guère, mais les moindres bouts de papier traînant par terre, ma poignée ou ma nappe, me procuraient tout autant de plaisir, en fait remplissaient le même but que l'*Iliade*.

Il vaudrait la peine de construire avec plus encore de mûre réflexion que je ne fis, en se demandant, par exemple, où une porte, une fenêtre, une cave, un galetas, trouvent leur base dans la nature de l'homme, et peut-être n'élevant jamais d'édifice, qu'on ne lui ait trouvé une meilleure raison d'être que nos besoins temporels mêmes. Il y a chez l'homme qui construit sa propre maison un peu de cet esprit d'à-propos que l'on trouve chez l'oiseau qui construit son propre nid. Si les hommes construisaient de leurs propres mains leurs demeures, et se procuraient la nourriture pour eux-mêmes comme pour leur famille, simplement et honnêtement, qui sait si la faculté poétique ne se développerait pas universellement, tout comme les oiseaux universellement chantent lorsqu'ils s'y trouvent invités ? Mais, hélas ! nous agissons à la ressemblance de l'étourneau et du coucou, qui pondent leurs œufs dans des nids que d'autres oiseaux ont bâtis, et qui n'encouragent nul voyageur avec leur caquet inharmonieux. Abandonnerons-nous donc toujours le plaisir de la construction au charpentier ? À quoi se réduit l'architecture dans l'expérience de la masse des hommes ? Je n'ai jamais, au cours de mes promenades, rencontré un seul homme livré à l'occupation si simple et si naturelle qui consiste à construire sa maison. Nous dépendons de la communauté. Ce n'est pas le tailleur seul qui est la neuvième partie d'un homme[1] ; c'est aussi le prédicateur, le marchand, le fermier. Où doit aboutir cette division du travail ? et quel objet finalement sert-elle ? Sans doute autrui *peut*-il aussi penser pour moi ; mais il n'est pas à souhaiter pour cela qu'il le fasse à l'exclusion de mon action de penser pour moi-même.

C'est vrai, il est en ce pays ce qu'on nomme des architectes, et j'ai entendu parler de l'un d'eux au moins comme possédé de l'idée qu'il y a un fond de vérité, une nécessité, de là une beauté dans l'acte qui consiste à faire des ornements d'architecture, à croire que c'est une révélation pour lui. Fort bien peut-être à son point de vue, mais guère mieux que le commun dilettantisme. En réformateur sentimental de l'architecture, c'est par la corniche qu'il commença, non par les fondations. Ce fut seulement l'embarras de savoir comment mettre un fond de vérité dans les ornements qui valut à toute dragée

1. Allusion au dicton suivant lequel : *Il faut neuf tailleurs pour faire un homme.*

de renfermer en fait une amande ou un grain de carvi — bien qu'à mon sens ce soit sans le sucre que les amandes sont le plus saines — et non pas comment l'hôte, l'habitant, pourrait honnêtement bâtir à l'intérieur et à l'extérieur, en laissant les ornements s'arranger à leur guise. Quel homme doué de raison supposa jamais que les ornements étaient quelque chose d'extérieur et de tout bonnement dans la peau — que si la tortue possédait une carapace tigrée, ou le coquillage ses teintes de nacre, c'était suivant tel contrat qui valut aux habitants de Broadway leur église de la Trinité ? Mais un homme n'a pas plus à faire avec le style d'architecture de sa maison qu'une tortue avec celui de sa carapace : ni ne doit le soldat être assez vain pour essayer de peindre la *couleur* précise de sa valeur sur sa bannière. C'est à l'ennemi à la découvrir. Il se peut qu'il pâlisse au moment de l'épreuve. Il me semblait voir cet homme se pencher par-dessus la corniche pour murmurer timidement son semblant de vérité aux rudes occupants qui la connaissaient, en réalité, mieux que lui. Ce que je vois de beauté architecturale aujourd'hui est venu, je le sais, progressivement du dedans au dehors, des nécessités et du caractère de l'habitant, qui est le seul constructeur, — de certaine sincérité inconsciente, de certaine noblesse, sans jamais une pensée pour l'apparence ; et quelque beauté additionnelle de ce genre qui soit destinée à se produire, sera précédée d'une égale beauté inconsciente de vie. Les plus intéressantes demeures, en ce pays-ci, le peintre le sait bien, sont les plus dénuées de prétention, les humbles huttes et les cottages de troncs de bois des pauvres en général ; c'est la vie des habitants dont ce sont les coquilles, et non point simplement quelque particularité dans ces surfaces, qui les rend *pittoresques* ; et tout aussi intéressante sera la case suburbaine du citoyen, lorsque la vie de celui-ci sera aussi simple et aussi agréable à l'imagination, et qu'on sentira aussi peu d'effort visant à l'effet dans le style de sa demeure. Les ornements d'architecture, pour une large part, sont littéralement creux, et c'est sans dommage pour l'essentiel qu'un coup de vent de septembre les enlèverait, telles des plumes d'emprunt. Ceux-là peuvent s'en tirer sans *architecture*, qui n'ont ni olives ni vins au cellier. Que serait-ce si l'on faisait autant d'embarras à propos des ornements de style en littérature, et si les architectes de nos bibles dépensaient autant de temps à leurs corniches que font les architectes de nos églises ? Ainsi des *belles-lettres* et des *beaux-arts*, et de leurs professeurs. Voilà qui touche fort un homme, vraiment, de savoir comment sont inclinés quelques bouts de bois au-dessus ou au-dessous de lui, et de quelles couleurs sa case est barbouillée ! Cela signifierait quelque chose si, dans un esprit de ferveur, *il* les eût inclinés, *il* l'eût barbouillée ; mais l'âme s'étant retirée de l'occupant, c'est tout de même que de construire son propre cercueil — l'architecture de la tombe —, et « charpentier » n'est que synonyme de « fabricant de cercueils ». Tel homme dit, en son désespoir ou son indifférence pour la vie : « Ramassez une poignée de la terre qui est à vos pieds, et peignez-moi votre maison de cette couleur-là. » Est-ce à sa dernière et étroite maison qu'il pense ? Jouez-le à pile ou face. Qu'abondant doit être son loisir ! Pourquoi ramasser une poignée de boue ? Peignez plutôt votre maison de la couleur de votre teint ; qu'elle pâlisse ou rougisse pour vous. Une entreprise pour améliorer le style de l'architecture des chaumières ! Quand vous aurez là tout prêts mes ornements je les porterai.

Avant l'hiver je bâtis une cheminée, et couvris de bardeaux les côtés de ma maison, déjà imperméables à la pluie, de bardeaux imparfaits et pleins de sève, tirés de la première tranche de la bille, et dont je dus redresser les bords au rabot.

Je possède ainsi une maison recouverte étroitement de bardeaux et de plâtre, de dix pieds de large sur quinze de long, aux jambages de huit pieds, pourvue d'un grenier et d'un appentis, d'une grande fenêtre de chaque côté, de deux trappes, d'une porte à l'extrémité et d'une cheminée de brique en face. Le coût exact de ma maison, au prix ordinaire de matériaux comme ceux dont je me servis, mais sans compter le travail tout entier fait par moi, fut le suivant : et j'en donne le détail parce qu'il est peu de gens capables de dire exactement ce que coûtent leurs maisons, et moins encore, si seulement, il en est, le coût séparé des matériaux divers dont elle se compose :

Planches.	$ 8 03 1/2[1]	{ Planches de la cabane pour la plupart.
Bardeaux de rebut pour le toit et les côtés.	4 00	
Lattes.	1 25	
Deux fenêtres d'occasion avec verre	2 43	
Un mille de vieilles bri- ques	4 00	
Deux barils de chaux	2 40	
Crin	0 31	} C'était cher. Plus qu'il ne fallait.
Fer du manteau de chemi- née	0 15	
Clous	3 90	
Gonds et vis.	0 14	
Loquet	0 10	
Craie	0 01	
Transport	1 40	} J'en portai sur le dos une bonne partie.
En tout	$ 28 12 1/2	

C'est tout pour les matériaux, excepté le bois de charpente, les pierres et le sable, que je revendiquai

1. $ 8 03 1/2 = huit dollars trois cents et demi.

suivant le droit du squatter[1]. J'ai aussi un petit bûcher attenant, fait principalement de ce qui resta après la construction de la maison.

Je me propose de me construire une maison qui surpassera en luxe et magnificence n'importe laquelle de la grand'rue de Concord, le jour où il me plaira, et qui ne me coûtera pas plus que ma maison actuelle.

Je reconnus de la sorte que l'homme d'études qui souhaite un abri peut s'en procurer un pour la durée de la vie à un prix ne dépassant pas celui du loyer annuel qu'il paie à présent. Si j'ai l'air de me vanter plus qu'il ne sied, j'en trouve l'excuse dans ce fait que c'est pour l'humanité plutôt que pour moi-même que je crâne ; et ni mes faiblesses ni mes inconséquences n'affectent la véracité de mon dire. En dépit de grand jargon et moult hypocrisie — balle que je trouve difficile de séparer de mon froment, mais qui me fâche plus que quiconque —, je respirerai librement et m'étendrai à cet égard, tant le soulagement est grand pour le système moral et physique ; et je suis résolu à ne pas devenir par humilité l'avocat du diable. Je m'emploierai à dire un mot utile en faveur de la vérité. Au collège de Cambridge[2], le simple loyer d'une chambre d'étu-

1. En Amérique, celui qui s'établit sur des terres ne lui appartenant pas.
2. L'Amérique, comme l'Angleterre, possède une ville universitaire de ce nom.

diant, à peine plus grande que la mienne, est de trente dollars par an, quoique la corporation eût l'avantage d'en construire trente-deux côte à côte et sous un même toit, et que l'occupant subisse l'incommodité de nombreux et bruyants voisins, sans compter peut-être la résidence au quatrième étage. Je ne peux m'empêcher de penser que si nous montrions plus de véritable sagesse à ces égards, non seulement moins d'éducation serait nécessaire, parce que, parbleu ! on en aurait acquis déjà davantage, mais la dépense pécuniaire qu'entraîne une éducation disparaîtrait en grande mesure. Les commodités que réclame l'étudiant, à Cambridge ou ailleurs, lui coûtent, à lui ou à quelqu'un d'autre, un sacrifice de vie dix fois plus grand qu'elles ne feraient avec une organisation convenable d'une et d'autre part. Les choses pour lesquelles on demande le plus d'argent ne sont jamais celles dont l'étudiant a le plus besoin. L'instruction, par exemple, est un article important sur la note du trimestre, alors que pour l'éducation bien autrement précieuse qu'il acquiert en fréquentant les plus cultivés de ses contemporains ne s'ajoutent aucuns frais. La façon de fonder un collège consiste, en général, à ouvrir une souscription de dollars et de cents, après quoi, se conformant aveuglément au principe d'une division du travail poussée à l'extrême — principe auquel on ne devrait jamais se conformer qu'avec prudence —, à appeler un entrepreneur, lequel fait de la chose un objet de spéculation, et emploie des Irlandais ou autres ouvriers à poser réellement les fondations, pendant que les étudiants qui doivent l'être passent pour s'y préparer ; et c'est pour ces bévues qu'il faut que successivement des générations paient. Je crois qu'il vaudrait mieux pour les étudiants, ou ceux qui désirent profiter de la chose, aller jusqu'à poser la fondation eux-mêmes. L'étudiant qui s'assure le loisir et la retraite convoités en esquivant systématiquement tout labeur nécessaire à l'homme n'obtient qu'un vil et stérile loisir, se frustrant de l'expérience qui seule peut rendre le loisir fécond. « Mais, dira-t-on, entendez-vous que les étudiants traitent la besogne avec leurs mains au lieu de leur tête ? » Ce n'est pas exactement ce que j'entends, mais j'entends quelque chose qu'on pourrait prendre en grande partie pour cela ; j'entends qu'ils devraient ne pas *jouer* à la vie, ou se contenter de l'*étudier*, tandis que la communauté les entretient à ce jeu dispendieux, mais la *vivre* pour de bon du commencement à la fin. Comment la jeunesse pourrait-elle apprendre mieux vivre qu'en faisant tout d'abord l'expérience de la vie ? Il me semble que cela lui exercerait l'esprit tout autant que le font les mathématiques. Si je voulais qu'un garçon sache quelque chose des arts et des sciences, par exemple, je ne suivrais pas la marche ordinaire, qui consiste simplement à l'envoyer dans le voisinage de quelque professeur, où tout se professe et se pratique, sauf l'art de la vie ; — surveiller le monde à travers un télescope ou un microscope, et jamais avec les yeux que la nature lui a donnés ; étudier la chimie et ne pas apprendre comment se fait son pain, ou la mécanique, et ne pas apprendre comment on le gagne : découvrir de nouveaux satellites à Neptune, et non les pailles qu'il a dans l'œil, ni de quel vagabond il est lui-même un satellite ; ou se faire dévorer par les monstres qui pullulent tout autour de lui, dans le temps qu'il contemple les monstres que renferme une goutte de vinaigre. Lequel aurait fait le plus de progrès au bout d'un mois — du garçon qui aurait fabriqué son couteau à l'aide du minerai extrait et fondu par lui, en lisant pour cela tout ce qui serait nécessaire, ou du garçon qui pendant ce temps-là aurait suivi les cours de métallurgie à l'Institut et reçu de son père un canif de chez Rodgers ? Lequel serait avec le plus de vraisemblance destiné à se couper les doigts ?… À mon étonnement j'appris, en quittant le collège, que j'avais étudié la navigation ! — ma parole, fussé-je descendu faire un simple tour au port que j'en eusse su davantage à ce sujet. Il n'est pas jusqu'à l'étudiant *pauvre* qui n'étudie et ne s'entende professer l'économie *politique* seule, alors que cette économie de la vie, synonyme de philosophie, ne se trouve même pas sincèrement professée dans nos collèges. Le résultat, c'est que pendant qu'il lit Adam Smith, Ricardo et Say, il endette irréparablement son père.

Tel il en est de nos collèges, tel il en est de cent « perfectionnements modernes » ; on se fait illusion à leur égard ; il n'y a pas toujours progression positive. Le diable continue à exiger jusqu'au bout un intérêt composé pour son avance de fonds et ses nombreux placements à venir en eux. Nos inventions ont coutume d'être de jolis jouets, qui distraient notre attention des choses sérieuses. Ce ne sont que des moyens perfectionnés tendant à une fin non perfectionnée, une fin qu'il n'était déjà que trop aisé d'atteindre : comme les chemins de fer mènent à Boston ou New York. Nous n'avons de cesse que nous n'ayons construit un télégraphe magnétique[1] du Maine au Texas ; mais il se peut que le Maine et le Texas n'aient rien d'important à se communiquer. L'un ou l'autre se trouve dans la situation de l'homme qui, empressé à se faire présenter à une femme aussi sourde que distinguée, une fois mis en sa présence et l'extrémité du cornet acoustique placée dans la main, ne trouva rien à dire. Comme s'il s'agissait de parler vite et non de façon sensée. Nous brûlons de percer un tunnel sous l'Atlantique et de rapprocher de quelques semaines le Vieux Monde du Nouveau ; or peut-être la première nouvelle qui s'en viendra frapper la vaste oreille battante de l'Amérique sera-t-elle que la princesse Adélaïde a la coqueluche. L'homme dont le cheval fait un mille à la minute n'est pas, après tout, celui qui porte les plus importants messages ; ce n'est pas un évangéliste, ni ne s'en vient-il mangeant des sauterelles et du miel sauvage. Je doute que Flying

1. L'auteur écrit au milieu du XIXᵉ siècle.

Childers[1] ait jamais porté une mesure de froment au moulin.

On me dit : « Je m'étonne que vous ne mettiez pas d'argent de côté ; vous aimez les voyages ; vous pourriez prendre le chemin de fer, et aller à Fitchburg aujourd'hui pour voir le pays. » Mais je suis plus sage. J'ai appris que le voyageur le plus prompt est celui qui va à pied. Je réponds à l'ami : « Supposez que nous essayions de voir qui arrivera là le premier. La distance est de trente milles ; le prix du billet, de quatre-vingt-dix cents. C'est là presque le salaire d'une journée. Je me rappelle le temps où les salaires étaient de soixante cents par jour pour les journaliers sur cette voie. Soit, me voici parti à pied, et j'atteins le but avant la nuit. J'ai voyagé de cette façon des semaines entières. Vous aurez pendant ce temps-là travaillé à gagner le prix de votre billet, et arriverez là-bas à une heure quelconque demain, peut-être ce soir, si vous avez la chance de trouver de l'ouvrage en temps. Au lieu d'aller à Fitchburg, vous travaillerez ici la plus grande partie du jour. Ce qui prouve que si le chemin de fer venait à faire le tour du monde, j'aurais, je crois, de l'avance sur vous ; et pour ce qui est de voir le pays comme acquérir par là de l'expérience, il me faudrait rompre toutes relations avec vous.

Telle est la loi universelle, que nul homme ne

1. Nom d'un cheval de courses célèbre au commencement du XVIIIe siècle.

saurait éluder, et au regard du chemin de fer même, on peut dire que c'est bonnet blanc et blanc bonnet. Faire autour du monde un chemin de fer profitable à tout le genre humain équivaut à niveler l'entière surface de la planète. Les hommes ont une notion vague que s'ils entretiennent assez longtemps cette activité tant de capitaux par actions que de pelles et de pioches, tout à la longue roulera quelque part, en moins de rien, et pour rien ; mais la foule a beau se ruer à la gare, et le conducteur crier : « Tout le monde en voiture ! », la fumée une fois dissipée, la vapeur une fois condensée, on s'apercevra que pour un petit nombre à rouler, le reste est écrasé — et on appellera cela, et ce sera : « Un triste accident ». Nul doute que puissent finir par rouler ceux qui auront gagné le prix de leur place, c'est-à-dire s'ils vivent assez longtemps pour cela, mais il est probable que vers ce temps-là ils auront perdu leur élasticité et tout désir de voyager. Cette façon de passer la plus belle partie de sa vie à gagner de l'argent pour jouir d'une liberté problématique durant sa moins précieuse partie me rappelle cet Anglais qui s'en alla dans l'Inde pour faire d'abord fortune, afin de pouvoir revenir en Angleterre mener la vie d'un poète. Que ne commença-t-il par monter au grenier ! « Eh quoi », s'écrient un million d'Irlandais surgissant de toutes les cabanes du pays : « Ce chemin de fer que nous avons construit ne serait donc pas une bonne chose ? » À cela je réponds : « Oui, *relativement* bonne — c'est-à-dire que vous auriez pu faire pis ; mais je souhaiterais, puisque vous êtes mes frères, que vous puissiez mieux avoir employé votre temps qu'à piocher dans cette boue. »

Avant de finir ma maison, désirant gagner dix ou douze dollars suivant un procédé honnête et agréable, en vue de faire face à mes dépenses extraordinaires, j'ensemençai près d'elle deux acres et demie environ de terre légère et sablonneuse, principalement de haricots, mais aussi une petite partie de pommes de terre, maïs, pois et navets. Le lot est de onze acres en tout, dont le principal pousse en pins et hickorys, et fut vendu la saison précédente à raison de huit dollars huit cents l'acre. Certain fermier déclarait que ce n'était « bon à rien qu'à élever des piaillards d'écureuils ». Je ne mis aucune sorte d'engrais dans ce sol, dont non seulement je n'étais que le « squatter », pas le propriétaire, mais ne comptais pas en outre recommencer à cultiver autant, et je ne sarclai pas complètement tout sur l'heure. En labourant, je mis au jour plusieurs cordes de souche qui m'approvisionnèrent de combustible pour longtemps, et laissèrent de petits cercles de terreau vierge, aisément reconnaissables, tant que dura l'été, à une luxuriance plus grande de haricots en ces endroits-là. Le bois mort et en grande partie sans valeur marchande, qui se trouvait derrière ma maison, ainsi que le bois flottant de l'étang, ont pourvu au reste de mon combustible. Il me fallut louer une paire de chevaux et un homme pour le labour, bien que je conduisisse moi-même la charrue. Mes dépenses de fermage pour la première saison, en outils, semence, travail, etc., montèrent à 14 dollars 72 cents et demi. Le maïs de semence me fut donné. Il ne revient jamais à une somme appréciable, à moins qu'on ne sème plus qu'il ne faut. J'obtins douze boisseaux de haricots, et dix-huit de pommes de terre, sans compter un peu de pois et de maïs vert. Le maïs jaune et les navets furent trop tardifs pour produire quelque chose. Mon revenu de la ferme, tout compris, fut de :

$$\$ 23 \ 44$$

Déduction des dépenses.................	14 72 1/2
Reste................................	8 71 1/2

Outre le produit consommé et le produit en réserve lors de cette évaluation, estimés à 4 dollars 50 cents — le montant de la réserve faisant plus que compenser la valeur d'un peu d'herbe que je ne fis pas pousser. Tout bien considéré, c'est-à-dire considérant l'importance d'une âme d'homme et du moment présent, malgré le peu de temps que prit mon essai, que dis-je, en partie même à cause de son caractère passager, je crois que ce fut faire mieux que ne fit nul fermier de Concord cette année-là.

L'année suivante je fis mieux encore, car c'est à la bêche que je retournai toute la terre dont j'avais besoin, environ le tiers d'un acre, et j'appris par l'expérience de l'une et l'autre année, sans m'en laisser le moins du monde imposer par nombre d'ouvrages célèbres sur l'agriculture, Arthur Young comme le reste, que si l'on vivait simplement et ne mangeait que ce que l'on ait fait pousser, ne faisait pousser plus que l'on ne mange, et ne l'échangeait contre une quantité insuffisante de choses plus luxueuses autant que plus coûteuses, on n'aurait besoin que de cultiver quelques verges de terre ; que ce serait meilleur marché de les bêcher que de se servir de bœufs pour les labourer, de choisir de temps à autre un nouvel endroit que de fumer l'ancien, et qu'on pourrait faire tout le travail nécessaire de sa ferme, comme qui dirait de la main gauche à ses moments perdus en été ; que de la sorte on ne serait pas lié à un bœuf, à un cheval, à une vache ou à un cochon, comme à présent. Je tiens à m'expliquer sur ce point avec impartialité, et comme quelqu'un qui n'est pas intéressé dans le succès ou l'insuccès de la présente ordonnance économique et sociale. J'étais plus indépendant que nul fermier de Concord, car je n'étais enchaîné à maison ni ferme, et pouvais suivre à tout moment la courbe de mon esprit, lequel en est un fort tortueux. En outre, me trouvant déjà mieux dans mes affaires que ces gens, ma maison eût-elle brûlé ou ma récolte manqué, que je ne me fusse guère trouvé moins bien dans mes affaires qu'avant.

J'ai accoutumé de penser que les hommes ne sont pas tant les gardiens des troupeaux que les troupeaux sont les gardiens des hommes, tellement ceux-là sont plus libres. Hommes et bœufs font échange de travail, mais si l'on ne considère que le travail nécessaire, on verra que les bœufs ont de beaucoup l'avantage, tant leur ferme est la plus grande. L'homme fournit un peu de sa part de travail d'échange, en ses six semaines de fenaison, et ce n'est pas un jeu d'enfant. Certainement une nation vivant simplement sous tous rapports — c'est-à-dire une nation de philosophes — ne commettrait jamais telle bévue que d'employer le travail des animaux. Oui, il n'a jamais été ni ne semble devoir être de si tôt de nation de philosophes, pas plus, j'en suis certain, que l'existence en puisse être désirable. Toutefois, jamais je n'aurais, moi, dressé un cheval plus qu'un taureau, ni pris en pension en échange de quelque travail qu'il pût faire pour moi, de peur de devenir tout bonnement un cava-lier ou un bou-vier ; et la société, ce faisant, parût-elle la gagnante, sommes-nous certains que ce qui est gain pour un homme n'est point perte pour un autre, et que le garçon d'écurie a les mêmes motifs que son maître de se trouver satisfait ? En admettant que sans cette aide quelques ouvrages publics n'eussent pas été construits, dont l'homme partage la gloire avec le bœuf et le cheval, s'ensuit-il qu'il n'eût pu dans ce cas accomplir des ouvrages encore plus dignes de lui ? Lorsque les hommes se mettent à faire un travail non pas simplement inutile ou artistique, mais de luxe et frivole, avec leur assistance, il va de soi qu'un petit nombre fait tout le travail d'échange avec les bœufs, ou, en d'autres termes, devient esclave des plus forts. L'homme ainsi non seulement travaille pour l'animal en lui, mais, en parfait symbole, travaille pour l'animal hors de lui. Malgré maintes solides maisons de brique ou de pierre, la prospérité du fermier se mesure encore suivant le degré auquel la grange couvre de son ombre la maison. Cette ville-ci passe pour posséder les plus grandes maisons de bœufs, de vaches et de chevaux qui soient aux alentours, et elle n'est pas en arrière pour ce qui est de ses édifices publics ; mais en fait de salles destinées à un libre culte ou à une libre parole, il en est fort peu dans ce comté. Ce n'est pas par leur architecture, mais pourquoi pas justement par leur pouvoir de pensée abstraite que les nations devraient chercher à se commémorer ? Combien plus admirable le Bhagavad-Gita que toutes les ruines de l'Orient ! Les tours et les temples sont le luxe des princes. Un esprit simple et indépendant ne peine pas sur l'invitation d'un prince. Le génie n'est de la suite d'aucun empereur, pas plus que ses matériaux d'argent, d'or, ou de marbre, sauf à un insignifiant degré. À quelle fin, dites-moi, tant de pierre travaillée ? En Arcadie, lorsque j'y fus, je ne vis point qu'on martelât de pierre. Les nations sont possédées de la démente ambition de perpétuer leur mémoire par l'amas de pierre travaillée qu'elles laissent. Que serait-ce si d'égales peines étaient prises pour adoucir et polir leurs mœurs ? Un seul acte de bon sens devrait être plus mémorable qu'un monument aussi haut que la lune. Je préfère voir les pierres en leur place. La grandeur de Thèbes fut une grandeur vulgaire. Plus sensé le cordon de pierre qui borne le champ d'un honnête homme qu'une Thèbes aux cent portes qui s'est écartée davantage du vrai but de la vie. La religion et la civilisation qui sont barbares et païennes construisent de splendides temples, mais ce que l'on pourrait appeler le christianisme n'en construit pas. La majeure partie de la pierre qu'une nation travaille prend la route de sa tombe seulement. Cette nation s'enterre vivante. Pour les pyramides, ce qu'elles offrent surtout d'étonnant, c'est qu'on ait pu trouver tant d'hommes assez avilis pour passer leur vie à la construction d'une tombe destinée à quelque imbécile ambitieux, qu'il eût été plus sage et plus mâle de noyer dans le Nil pour ensuite livrer son corps aux chiens. Je pourrais peut-être inventer quelque excuse en leur faveur et la sienne, mais je n'en ai pas le temps. Quant à la religion et l'amour de l'art des bâtisseurs, ce sont à peu près les mêmes par tout l'univers, que l'édifice soit un temple égyptien ou la Banque des États-Unis. Cela coûte plus que cela ne vaut. Le grand ressort, c'est la vanité, assistée de l'amour de l'ail et pain et beurre. Mr. Balcom, jeune architecte plein de promesses, le dessine sur le dos de son Vitruve, au crayon dur et à la règle, puis le travail est lâché à Dobson et Fils, tailleurs de pierre. Lorsque les trente siècles commencent à abaisser les yeux dessus, l'humanité commence à lever dessus les siens. Quant à vos hautes tours et monuments, il y eut jadis en cette ville-ci un cerveau brûlé qui entreprit de percer la terre jusqu'à la Chine, et il atteignit si loin que, à son dire, il entendit les marmites et casseroles chinoises résonner ; mais je crois bien que je ne me détournerai pas de mon chemin pour admirer le trou qu'il fit. Cela intéresse nombre de gens de savoir, à propos des monuments de l'Ouest et de l'Est, qui les a bâtis. Pour ma part, j'aimerais savoir qui, en ce temps-là, ne les bâtit point — qui fut au-dessus de telles futilités. Mais poursuivons mes statistiques.

Grâce à des travaux d'arpentage, de menuiserie, à des journées de travail de diverses autres sortes dans le village entre-temps, car je compte autant de métiers que de doigts, j'avais gagné 13 dollars 34 cents. La dépense de nourriture pour huit mois, à savoir, du 4 juillet au 1er mars, époque où ces estimations furent faites, quoique j'habitasse là plus de deux ans — sans tenir compte des pommes de terre, d'un peu de maïs vert et de quelques pois que j'avais fait pousser, et sans avoir égard à la valeur de ce qui était en réserve à la dernière date, fut :

Riz	\$ 1 73 1/2	
Mélasse	1 73	La forme la moins chère de la saccharine.
Farine de seigle	1 04 3/4	
Farine de maïs	0 99 3/4	Moins chère que le seigle.
Porc	0 22	
Fleur de farine	0 88	Revient plus cher que la farine de maïs, argent et ennuis à la fois.
Sucre	0 80	
Saindoux	0 65	
Pommes	0 25	
Pommes séchées	0 22	
Patates	0 10	
Une citrouille	0 6	
Un melon d'eau	0 2	
Sel	0 3	

Tous essais qui faillirent.

Oui, je mangeai la valeur de 8 dollars 74 cents, en tout et pour tout ; mais je ne divulguerais pas ainsi effrontément mon crime si je ne savais la plupart de mes lecteurs tout aussi criminels que moi, et que leurs faits et gestes n'auraient pas meilleur air une fois imprimés. L'année suivante je pris de temps à autre un plat de poisson pour mon dîner, et une fois j'allais jusqu'à égorger une marmotte qui ravageait mon champ de haricots — opérer sa transmigration, comme dirait un Tartare — et la dévorer, un peu à titre d'essai ; mais si elle me procura une satisfaction momentanée, en dépit de certain goût musqué, je m'aperçus qu'à la longue ce ne serait pas une bonne habitude, dût-on faire préparer ses marmottes par le boucher du village.

L'habillement et quelques dépenses accessoires entre les mêmes dates, si peu qu'on puisse induire de cet article, montèrent à :

$$\$ \ 8 \ 40 \ 3/4$$

Huile et quelques ustensiles de ménage . . . . . $ 2 00

De sorte que toutes les sorties d'argent, sauf pour le lavage et le raccommodage, qui, en grande partie, furent faits hors de la maison, et les notes n'en ont pas encore été reçues — et ces dépenses sont toutes et plus que toutes les voies par lesquelles sort nécessairement l'argent en cette partie du monde — furent :

Maison	$ 28 12 1/2
Ferme, une année	: 14 72 1/2
Nourriture, huit mois	8 74
Habillement, etc., huit mois	8 40 3/4
Huile, etc., huit mois	2 00
En tout	$ 61 99 3/4

Je m'adresse en ce moment à ceux de mes lecteurs qui ont à gagner leur vie. Et pour faire face à cela j'ai vendu comme produits de ferme :

$$\$ \ 23 \ 44$$

Gagné par le travail journalier. 13 34

En tout . . . . $\$ \ 36 \ 78$

qui, soustrait de la somme des dépenses, laisse une balance de 25 dollars 21 cents 3/4 d'un côté, ce qui représente à peu de chose près les moyens grâce auxquels je débutai, et la mesure des dépenses à prévoir — de l'autre, outre le loisir, l'indépendance et la santé ainsi assurés, une maison confortable pour moi aussi longtemps qu'il me plaira de l'occuper.

Cette statistique, si accidentelle et par conséquent peu instructive qu'elle puisse paraître, étant assez complète, a par cela même une certaine valeur. Rien ne me fut donné dont je n'aie rendu quelque compte. Il résulte du précédent aperçu que ma nourriture seule me coûta en argent vingt-sept cents environ par semaine. Ce fut, au cours de presque deux années après cela, du seigle et de la farine de maïs sans levain, des pommes de terre, du riz, un tout petit peu de porc salé, de la mélasse, et du sel ; et ma boisson, de l'eau. Il était séant que je vécusse de riz, principalement, moi qui tant aimais la philosophie de l'Inde. Pour aller au-devant des objections de quelques chicaneurs invétérés, je peux aussi bien dire que si je dînai parfois dehors, comme j'avais toujours fait et crois que j'aurai encore occasion de le faire, ce fut souvent au détriment de mes arrangements domestiques. Mais le dîner dehors, étant, comme je l'ai établi, un facteur constant, n'affecte en rien un état comparatif comme celui-ci.

J'appris de mes deux années d'expérience qu'il en coûterait incroyablement peu de peine de se procurer sa nourriture nécessaire même sous cette latitude ; qu'un homme peut suivre un régime aussi simple que font les animaux, tout en conservant santé et force. J'ai dîné d'une façon fort satisfaisante, satisfaisante à plusieurs points de vue, simplement d'un plat de pourpier (*Portulaca oleracea*) que je cueillis dans mon champ de blé, fis bouillir et additionnai de sel. Je donne le latin à cause de la saveur du nom vulgaire. Et, dites-moi, que peut désirer de plus un homme raisonnable, en temps de paix, à l'ordinaire midi, qu'un nombre suffisant d'épis de maïs verts bouillis, avec l'addition de sel ? Il n'était pas jusqu'à la petite variété dont j'usais qui ne fût une concession aux demandes de l'appétit, et non de la santé. Cependant, les hommes en sont arrivés à ce point que fréquemment ils meurent de faim, non par manque de nécessaire, mais par manque de luxe ; et je connais une brave femme qui croit que son fils a perdu la vie pour s'être mis à ne boire que de l'eau.

Le lecteur remarquera que je traite le sujet à un point de vue plutôt économique que diététique, et ne s'aventurera pas à mettre ma sobriété à l'épreuve qu'il n'ait un office bien garni.

Le pain, je commençai par le faire de pure farine de maïs et sel, vrai « hoe-cakes »[1], que je cuisis devant mon feu dehors sur un bardeau ou le bout d'une pièce de charpente scié en construisant ma maison ; mais il avait coutume de prendre le goût de fumée et un arôme de résine. J'essayai aussi de la fleur de farine, mais ai fini par trouver un mélange de seigle et de farine de maïs aussi convenable qu'appétissant. Par temps froid ce n'était pas mince amusement que de cuire plusieurs petits pains de cette chose les uns après les autres, en les surveillant et les retournant avec autant de soin qu'un Égyptien ses œufs en cours d'éclosion. C'étaient autant de vrais fruits de céréales que je faisais mûrir, et qui avaient à mes sens un parfum rappelant celui d'autres nobles fruits, lequel je retenais aussi longtemps que possible en les enveloppant d'étoffe. Je fis une étude de l'art aussi antique qu'indispensable de faire du pain, consultant telles autorités qui s'offraient, retournant aux temps primitifs et à la première invention du genre sans levain, quand de la sauvagerie des noix et des viandes les hommes en vinrent d'abord à la douceur et au raffinement de ce régime ; et avançant peu à peu dans mes études, je passai par cet aigrissement accidentel de la pâte qu'on suppose avoir

1. Galettes minces de farine de maïs, propres aux États-Unis.

enseigné le procédé du levain, et par les diverses fermentations qui s'ensuivent, jusqu'au jour où j'arrivai « au bon pain frais et sain », soutien de la vie. Le levain, que d'aucuns estiment être l'âme du pain, le *spiritus* qui remplit son tissu cellulaire, que l'on conserve religieusement comme le feu des Vestales, — quelque précieuse bouteille, je suppose, transportée à l'origine à bord du *Mayflower*, fit l'affaire pour l'Amérique, et son action se lève, se gonfle, et se répand encore, en flots céréaliens sur tout le pays —, cette semence, je me la procurai régulièrement et fidèlement au village jusqu'à ce qu'enfin, un beau matin, oubliant les prescriptions, j'échaudai ma levure ; grâce à quel accident je découvris que celle-ci même n'était pas indispensable — car mes découvertes ne se faisaient pas suivant la méthode synthétique, mais la méthode analytique —, et je l'ai volontiers négligée depuis, quoique la plupart des ménagères m'aient sérieusement assuré qu'il ne saurait être de pain inoffensif et salutaire sans levure, et les gens d'âge avancé prophétisé un prompt dépérissement des forces vitales. Encore trouvé-je que ce n'est pas un élément essentiel, et après m'en être passé une année, je suis toujours du domaine des vivants ; en outre, je m'applaudis d'échapper à la trivialité de promener dans ma poche une bouteille pleine, à laquelle il arrivait parfois de « partir » et décharger son contenu à mon décontenancement. Il est plus simple et plus comme il faut de la négliger. L'homme est un animal qui mieux qu'un autre peut s'adapter à tous climats et toutes circonstances. Non plus ne mis-je de sel, ni soude, ni autre acide ou alcali, dans mon pain. Il semblerait que je le fis suivant la recette que donna Marcus Porcius Caton deux siècles environ avant J.-C. : « Panem depsticium sic facito. Manus mortariumque bene lavato. Farinam in mortarium indito, aquæ paulatim addito, subigitoque pulchre. Ubi bene subegeris, de-fingito, coquitoque sub testu. » Ce que je comprends signifier : « Faites ainsi le pain pétri. Lavez-vous bien les mains et lavez de même la huche. Mettez la farine dans la huche, arrosez d'eau progressive-ment, et pétrissez complètement. Une fois qu'elle est bien pétrie, façonnez-la et cuisez à couvert », c'est-à-dire dans un four à pain. Pas un mot du le-vain. Mais je n'usai pas toujours de ce soutien de la vie. À certain moment, en raison de la platitude de ma bourse, j'en fus sevré pendant plus d'un mois.

Il n'est pas un habitant de la Nouvelle-Angleterre qui ne puisse aisément faire pousser tous les élé-ments de son pain en ce pays de seigle et de maïs, sans dépendre à leur égard de marchés distants et flottants. Si loin sommes-nous cependant de la sim-plicité et de l'indépendance qu'à Concord il est rare de trouver de fraîche et douce farine dans les bou-tiques, et que le hominy[1] comme le maïs sous une forme encore plus grossière sont d'un usage fort rare.

---

1. *Hominy*, bouillie de maïs, très connue en Amérique et que l'on achète crue pour la faire cuire.

La plupart du temps le fermier donne à son bétail et à ses cochons le grain de sa production et achète plus cher à la boutique une farine qui pour le moins n'est pas plus salutaire. Je compris que je pouvais facilement produire mon boisseau[1], sinon deux, de seigle et de maïs, car le premier poussera sur la terre la plus pauvre, alors que le second n'exige pas la meilleure, les moudre dans un moulin à bras, de la sorte m'en tirer sans riz et sans porc ; et s'il est nécessaire de quelques douceurs, je découvris par expérience que je pouvais tirer une forte bonne mélasse soit de la citrouille, soit de la betterave, puis reconnus qu'en faisant simplement pousser quelques érables[2], je me les procurais plus facilement encore, et qu'enfin dans le temps où ceux-ci poussaient, je pouvais employer divers succédanés en dehors de ceux que j'ai nommés. Car, ainsi les Ancêtres le chantaient :

we can make liquor to sweeten our lips
Of pumpkins and parsnips and walnut-tree chips[3].

Enfin, pour ce qui est du sel, ce produit si vulgaire d'épicerie, se le procurer pourrait être l'occasion

1. *Bushel*, boisseau, 35,234 litres aux États-Unis.
2. Érable à sucre, originaire du nord des États-Unis et du Canada.
3.   Nous savons faire une liqueur adoucissante aux lèvres.
    De citrouille et panais et copeaux de noyer.
Vers tirés d'une chanson appelée *Les Ennuis de la Nouvelle-Angleterre*, composée par un des premiers colons, et qui passe pour la plus ancienne composition américaine connue.

d'une visite au bord de la mer, à moins que n'arrivant à m'en passer tout à fait, je n'en busse probablement que moins d'eau. Je ne sache pas que les Indiens aient jamais pris la peine de se mettre en quête de lui.

Ainsi pouvais-je éviter tout commerce, tout échange, autant qu'il en allait de ma nourriture, et, pourvu déjà d'un abri, il ne restait à se procurer que le vêtement et le combustible. Le pantalon que je porte actuellement fut tissé dans une famille de fermiers — le Ciel soit loué qu'il y ait encore tant de vertu dans l'homme ; car je tiens la chute du fermier à l'ouvrier pour aussi grande et retentissante que celle de l'homme au fermier — et dans un pays neuf le combustible est un encombrement. Pour ce qui est d'un habitat, s'il ne m'était pas encore permis de m'établir sur une terre ne m'appartenant pas, je pouvais me rendre acquéreur d'une acre pour le prix auquel on vendait la terre que je cultivais — à savoir huit dollars huit cents. Mais quoi qu'il en fût, j'estimai que c'était augmenter la valeur de la terre que de m'établir dessus en squatter.

Il est certaine catégorie d'incrédules qui parfois me posent des questions comme celle-ci : « Croyez-vous pouvoir vivre uniquement de légumes ? » Pour atteindre tout de suite à la racine de l'affaire — car la racine, c'est la foi —, j'ai coutume de répondre à tels gens que je peux vivre de clous à sabot. S'ils ne peuvent comprendre cela, ils ne le sauraient guère ce que j'ai à dire. Pour ma part, ce n'est pas sans plaisir que j'apprends qu'on tente des expériences de ce genre-ci, par exemple qu'un jeune homme a essayé pendant quinze jours de vivre de maïs dur, de maïs cru sur l'épi, en se servant de ses dents pour tout mortier. La gent écureuil tenta la même avec succès. La race humaine est intéressée dans ces expériences, quand devraient quelques vieilles femmes hors d'état de les tenter, ou qui possèdent en moulins leur usufruit, s'en alarmer.

Mon mobilier, dont je fabriquai moi-même une partie, le reste ne me coûta rien de quoi je n'aie rendu compte, consista en un lit, une table, un pupitre, trois chaises, un miroir de trois pouces de diamètre, une paire de pincettes et une autre de chenets, une bouillotte, une marmite, et une poêle à frire, une cuiller à pot, une jatte à laver, deux couteaux et deux fourchettes, trois assiettes, une tasse, une cuiller, une cruche à huile, une cruche à mélasse, et une lampe bronzée. Nul n'est si pauvre qu'il lui faille s'asseoir sur une citrouille. C'est manque d'énergie. Il y a dans les greniers de village abondance de ces chaises que j'aime le mieux, et qui ne coûtent que la peine de les enlever. Du mobilier ! Dieu merci, je suis capable de m'asseoir et de me tenir debout sans l'aide de tout un garde-meubles. Qui donc, sinon un philosophe, ne rougirait de voir son mobilier entassé dans une charrette et courant la campagne exposé à la lumière des cieux comme aux yeux des hommes, misérable inventaire de boîtes vides ? C'est le mobilier de Durand. Je n'ai jamais su dire à l'inspection de telle charretée si c'est à un soi-disant riche ou à un pauvre qu'elle appartenait ; le possesseur toujours en paraissait affligé de pauvreté. En vérité, plus vous possédez de ces choses, plus vous êtes pauvres. Il n'est pas une de ces charretées qui ne semble contenir le contenu d'une douzaine de cabanes ; et si une seule cabane est pauvre, cela l'est douze fois autant. Dites-moi pourquoi *déménageons*-nous, sinon pour nous débarrasser de notre mobilier, notre *exuviæ* ; à la fin passer de ce monde dans un autre meublé à neuf, et laisser celui-ci pour le feu ? C'est comme si tous ces pièges étaient bouclés à votre ceinture, et qu'il ne fût plus possible, sur le rude pays où sont jetées nos lignes, de se déplacer sans les traîner — traîner son piège. Heureux le renard qui y laissa la queue. Le rat musqué se coupera de la dent jusqu'à la troisième patte pour être libre. Guère étonnant que l'homme ait perdu son élasticité. Que souvent il lui arrive d'être au point mort ! « Monsieur, si vous permettez, qu'entendez-vous par le point mort ? » Si vous êtes un voyant, vous ne rencontrez pas un homme que vous ne découvriez derrière lui tout ce qu'il possède, oui, et beaucoup qu'il feint de ne pas posséder, jusqu'à sa batterie de cuisine et tout le rebut qu'il met de côté sans le vouloir brûler, à quoi il semble attelé et poussant de l'avant comme il peut. Je crois au point mort celui qui ayant franchi un nœud de bois ou une porte cochère ne se peut faire suivre de son traîneau de mobilier. Je ne laisse pas de me sentir touché de compassion quand j'entends un homme bien troussé, bien campé, libre en apparence, tout sanglé, tout botté, parler de son « mobilier », comme étant assuré ou non. « Mais que ferai-je de mon mobilier ? » Mon brillant papillon est donc empêtré dans une toile d'araignée. Il n'est pas jusqu'à ceux qui semblent longtemps n'en pas avoir, que poussant plus loin votre enquête, vous ne découvriez en avoir amassé dans la grange de quelqu'un. Je considère l'Angleterre aujourd'hui comme un vieux gentleman qui voyage avec un grand bagage, friperie accumulée au cours d'une longue tenue de maison, et qu'il n'a pas le courage de brûler ; grande malle, petite malle, carton à chapeau et paquet. Jetez-moi de côté les trois premiers au moins. Il serait de nos jours au-dessus des forces d'un homme bien portant de prendre son lit pour s'en aller, et je conseillerais certainement à celui qui serait malade de planter là son lit pour filer. Lorsqu'il m'est arrivé de rencontrer un immigrant qui chancelait sous un paquet contenant tout son bien — énorme tumeur, eût-on dit, poussée sur sa nuque —, je l'ai pris en pitié, non parce que c'était, cela, tout son bien, mais parce qu'il avait tout *cela* à porter. S'il m'arrive d'avoir à traîner mon piège, j'aurai soin que c'en soit un léger et qu'il ne me pince pas en une partie vitale. Mais peut-être le plus sage serait-il de ne jamais mettre la patte dedans.

Je voudrais observer, en passant, qu'il ne m'en

coûte rien en fait de rideaux, attendu que je n'ai d'autres curieux à exclure que le soleil et la lune, et que je tiens à ce qu'ils regardent chez moi. La lune ne fera tourner mon lait ni ne corrompra ma viande, plus que le soleil ne nuira à mes meubles ou ne fera passer mon tapis, et s'il se montre parfois ami quelque peu chaud, je trouve encore meilleure économie à battre en retraite derrière quelque rideau fourni par la nature qu'à ajouter un simple article au détail de mon ménage. Une dame m'offrit une fois un paillasson, mais comme je n'avais ni place de reste dans la maison, ni de temps de reste dedans ou dehors pour le secouer, je déclinai l'offre, préférant m'essuyer les pieds sur l'herbe devant ma porte. Mieux vaut éviter le mal à son début.

Il n'y a pas longtemps, j'assistais à la vente des effets d'un diacre, attendu que sa vie n'avait pas été inefficace :

The evil that men do lives after them[1].

Comme toujours, la friperie dominait, qui avait commencé à s'accumuler du vivant du père. Il y avait dans le tas un ver solitaire desséché. Et voici qu'après être restées un demi-siècle dans son grenier et autres niches à poussière, ces choses n'étaient pas brûlées ; au lieu d'un *autodafé* ou de leur puri-

1. Shakespeare, *Jules César*. Trad. : « Le mal que font les hommes leur survit. »

fiante destruction, c'était d'une *vente à l'encan* qu'il s'agissait, ou de leur mise en plus-value. Les voisins s'assemblèrent avec empressement pour les examiner, les achetèrent toutes et soigneusement les transportèrent en leurs greniers et niches à poussière, pour y rester jusqu'au règlement de leurs biens, moment où de nouveau elles se mettront en route. L'homme qui meurt chasse du pied la poussière.

Les coutumes de quelques tribus sauvages pourraient peut-être se voir imitées avec profit par nous ; ainsi lorsque ces tribus accomplissent au moins le simulacre de jeter au rebut annuellement leur dépouille[1]. Elles ont l'idée de la chose, qu'elles en aient la réalité ou non. Ne serait-il pas à souhaiter que nous célébrions pareil « busk » ou « fête des prémices », décrite par Bartram comme ayant été la coutume des Indiens Mucclasse ? « Lorsqu'une ville célèbre le *busk* », dit-il, « après s'être préalablement pourvus de vêtements neufs, de pots, casseroles et autres ustensiles de ménage et meubles neufs, ses habitants réunissent leurs vêtements hors d'usage et autres saletés, balaient et nettoient leurs maisons, leurs places, la ville entière, de leurs immondices, dont, y compris tout le grain restant et autres vieilles provisions, ils font un tas commun qu'ils consument par le feu. Après avoir pris médecine et

1. À Palerme, dans chaque quartier, a lieu encore annuellement un feu de joie alimenté des meubles et ustensiles de rebut dont se débarrassent les habitants.

jeûné trois jours, on éteint tous les feux de la ville. Durant le jeûne on s'abstient de satisfaire tout appétit, toute passion, quels qu'ils soient. On proclame une amnistie générale ; tous les malfaiteurs peuvent réintégrer leur ville. »

« Le matin du quatrième jour, le grand prêtre, en frottant du bois sec ensemble, produit du feu neuf sur la place publique, d'où chaque habitation de la ville est pourvue de la nouvelle et pure flamme ».

Alors ils se régalent de maïs et de fruits nouveaux, dansent et chantent trois jours, « et les quatre jours suivants ils reçoivent des visites et se réjouissent avec leurs amis venus des villes voisines, lesquels se sont de la même façon purifiés et préparés. »

Les Mexicains aussi pratiquaient semblable purification à la fin de tous les cinquante-deux ans, dans la croyance qu'il était temps pour le monde de prendre fin.

Je ne sais pas de sacrement, c'est-à-dire, selon le dictionnaire, de « signe extérieur et visible d'une grâce intérieure et spirituelle », plus honnête que celui-ci, et je ne doute pas que pour agir de la sorte ils n'aient à l'origine été inspirés directement du Ciel, quoiqu'ils ne possèdent pas de textes bibliques de la révélation.

Pendant plus de cinq ans je m'entretins de la sorte grâce au seul labeur de mes mains, et je m'aperçus qu'en travaillant six semaines environ par an, je pouvais faire face à toutes les dépenses de la vie. La totalité de mes hivers comme la plus grande partie de mes étés, je les eus libres et francs pour l'étude. J'ai bien et dûment essayé de tenir école, mais me suis aperçu que mes dépenses se trouvaient en proportion, ou plutôt en disproportion, de mon revenu, car j'étais obligé de m'habiller et de m'entraîner, sinon de penser et de croire, en conséquence, et que par-dessus le marché je perdais mon temps. Comme je n'enseignais pas pour le bien de mes semblables, mais simplement comme moyen d'existence, c'était une erreur. J'ai essayé du commerce ; mais je m'aperçus qu'il faudrait dix ans pour s'enrouter là-dedans, et qu'alors je serais probablement en route pour aller au diable. Je fus positivement pris de peur à la pensée que je pourrais pendant ce temps-là faire ce qu'on appelle une bonne affaire. Lorsque autrefois je regardais autour de moi en quête de ce que je pourrais bien faire pour vivre, ayant fraîche encore à la mémoire pour me reprocher mon ingé-nuité telle expérience malheureuse tentée sur les désirs de certains amis, je pensais souvent et sérieu-sement à cueillir des myrtilles ; cela, sûrement, j'étais capable de le faire, et les petits profits en pouvaient suffire — car mon plus grand talent a été de me contenter de peu — si peu de capital requis, si peu de distraction de mes habitudes d'esprit, pensai-je follement. Tandis que sans hésiter mes connaissan-ces entraient dans le commerce ou embrassaient les professions, je tins cette occupation pour valoir tout au moins la leur ; courir les montagnes tout l'été pour cueillir les baies qui se trouvaient sur ma route, en disposer après quoi sans souci ; de la sorte, garder les troupeaux d'Admète. Je rêvai aussi de récolter les herbes sauvages, ou de porter des verdures persistantes à ceux des villageois qui aimaient se voir rappeler les bois, même à la ville, pleins des charrettes à foin. Mais j'ai appris depuis que le commerce est la malédiction de tout ce à quoi il touche ; et que commerceriez-vous de messages du ciel, l'entière malédiction du commerce s'attacherait à l'affaire.

Comme je préférais certaines choses à d'autres, et faisais particulièrement cas de ma liberté, comme je pouvais vivre à la dure tout en m'en trouvant fort bien, je n'avais nul désir pour le moment de passer mon temps à gagner de riches tapis plus qu'autres beaux meubles, cuisine délicate ni maison de style grec ou gothique. S'il est des gens pour qui ce ne soit pas interruption que d'acquérir ces choses, et qui sachent s'en servir une fois qu'ils les ont acquises, je leur abandonne la poursuite. Certains se montrent « industrieux », et paraissent aimer le labeur pour lui-même, ou peut-être parce qu'il les préserve de faire pis ; à ceux-là je n'ai présentement rien à dire. À ceux qui ne sauraient que faire de plus de loisir que celui dont ils jouissent actuellement, je conseillerais de travailler deux fois plus dur qu'ils ne font — travailler jusqu'à ce qu'ils paient leur dépense, et obtiennent leur licence. Pour ce qui est de moi, je trouvai que la profession de journalier était la plus indépendante de toutes, en ceci principalement qu'elle ne réclamait que trente ou quarante jours de l'année pour vous faire vivre. La journée du journalier prend fin avec le coucher du soleil, et il est alors libre de se consacrer à telle occupation de son choix, indépendante de son labeur ; tandis que son employeur, qui spécule d'un mois sur l'autre, ne connaît de répit d'un bout à l'autre de l'an.

En un mot je suis convaincu, et par la foi et par l'expérience, que s'entretenir ici-bas n'est point une peine, mais un passe-temps, si nous voulons vivre avec simplicité et sagesse ; de même que les occupations des nations plus simples sont encore les sports de celles qui sont plus artificielles. Il n'est pas nécessaire pour l'homme de gagner sa vie à la sueur de son front, si toutefois il ne transpire plus aisément que je ne fais.

Certain jeune homme de ma connaissance, qui a hérité de quelques acres de terre, m'a confié que selon lui il vivrait comme je fis, *s'il en avait les moyens.* Je ne voudrais à aucun prix voir quiconque adopter *ma* façon de vivre ; car, outre que je peux en avoir trouvé pour moi-même une autre avant qu'il ait pour de bon appris celle-ci, je désire qu'il se puisse être de par le monde autant de gens différents que possible ; mais ce que je voudrais voir, c'est chacun attentif à découvrir et suivre *sa* propre voie, et non pas à la place celle de son père ou celle de sa mère ou celle de son voisin. Que le jeune homme bâtisse, plante ou navigue, mais qu'on ne l'empêche pas de faire ce que, me dit-il, il aimerait à faire. C'est seulement grâce à un point mathématique que nous sommes sages, de même que le marin ou l'esclave en fuite ne quitte pas du regard l'étoile polaire ; mais c'est, cela, une direction suffisante pour toute notre vie. Nous pouvons ne pas arriver à notre port dans un délai appréciable, mais ce que nous voudrions, c'est ne pas nous écarter de la bonne route.

Sans doute, en ce cas, ce qui est vrai pour un l'est plus encore pour mille, de même qu'une grande maison n'est pas proportionnément plus coûteuse qu'une petite, puisqu'un seul toit peut couvrir, une seule cave soutenir, et un seul mur séparer plusieurs pièces. Mais pour ma part, je préférai la demeure solitaire. De plus, ce sera ordinairement meilleur marché de bâtir le tout vous-même que de convaincre autrui de l'avantage du mur commun ; et si vous avez fait cette dernière chose, la cloison commune, pour être de beaucoup moins chère, en doit être une mince, et il se peut qu'autrui se révèle mauvais voisin, aussi qu'il ne tienne pas son côté en bon état de réparations. La seule coopération possible, en général, est extrêmement partielle et tout autant superficielle ; et le peu de vraie coopération qu'il soit est comme s'il n'en était pas, étant une harmonie inaccessible à l'oreille des hommes. Un homme a-t-il la foi qu'il coopérera partout avec ceux de foi égale ; s'il n'a pas la foi, il continuera de vivre comme le reste de la foule, quelle que soit la compagnie à laquelle il se trouve associé. Coopérer au sens le plus élevé comme au sens le plus bas du mot signifie *gagner notre vie ensemble*. J'ai entendu dernièrement proposer de faire parcourir ensemble le monde à deux jeunes gens, l'un sans argent, gagnant sa vie en route, au pied du mât et derrière la charrue, l'autre ayant en poche une lettre de change. Il était aisé de comprendre qu'ils ne pourraient rester longtemps compagnons ou coopérer, puisque l'un des deux *n'opérait* pas du tout. Ils se sépareraient à la première crise intéressante de leurs aventures. Par-dessus tout, comme je l'ai laissé entendre, l'homme qui va seul peut partir aujourd'hui ; mais il faut à celui qui voyage avec autrui attendre qu'autrui soit prêt, et il se peut qu'ils ne décampent de longtemps.

Mais tout cela est fort égoïste, ai-je entendu dire à quelques-uns de mes concitoyens. Je confesse que je me suis jusqu'ici fort peu adonné aux entreprises philanthropiques. J'ai fait quelques sacrifices à certain sentiment du devoir, et entre autres ai sacrifié ce plaisir-là aussi. Il est des gens pour avoir employé tout leur art à me persuader de me faire le soutien de quelque famille pauvre de la ville ; et si je n'avais rien à faire — car le Diable trouve de l'ouvrage pour les paresseux —, je pourrais m'essayer la main à quelque passe-temps de ce genre. Cependant, lorsque j'ai songé à m'accorder ce luxe, et à soumettre leur Ciel à une obligation en entretenant certaines personnes pauvres sur un pied de confort égal en tous points à celui sur lequel je m'entretiens moi-même, suis allé jusqu'à risquer de leur en faire l'offre, elles ont toutes sans exception préféré d'emblée rester pauvres. Alors que mes concitoyens et concitoyennes se dévouent de tant de manières au bien de leurs semblables, j'estime qu'on peut laisser au moins quelqu'un à d'autres et moins compatissantes recherches. La charité comme toute autre chose réclame des dispositions particulières. Pour ce qui est de faire le bien, c'est une des professions au complet. En outre, j'en ai honnêtement fait l'essai, et, aussi étrange que cela puisse paraître, suis satisfait qu'elle ne convienne pas à mon tempérament. Il est probable que je ne m'écarterais pas sciemment et de propos délibéré de ma vocation particulière à faire le bien que la société requiert de moi, s'agît-il de sauver l'univers de l'anéantissement ; et je crois qu'une semblable, mais infiniment plus grande constance ailleurs est tout ce qui le conserve aujourd'hui. Mais loin de ma pensée de m'interposer entre quiconque et son génie ; et à qui met tout son cœur, toute son âme, toute sa vie dans l'exécution de ce travail, que je décline, je dirai : Persévérez, dût le monde appeler cela faire le mal, comme fort vraisemblablement il l'appellera.

Je suis loin de supposer que mon cas en soit un spécial ; nul doute que nombre de mes lecteurs se défendraient de la même façon. Pour ce qui est de faire quelque chose — sans jurer que mes voisins déclareront cela bien —, je n'hésite pas à dire que je serais un rude gaillard à louer ; mais pour ce qui en est de cela, c'est à mon employeur à s'en apercevoir. Le *bien* que je fais, au sens ordinaire du mot, doit être en dehors de mon sentier principal, et la plupart du temps tout inintentionnel. En pratique on dit : Commencez où vous êtes et tel que vous êtes, sans viser principalement à plus de mérite, et avec une bonté étudiée allez faisant le bien. Si je devais le moins du monde prêcher sur ce ton, je dirais plutôt : Appliquez-vous à être bon. Comme si le soleil s'arrêtait lorsqu'il a embrasé de ses feux là-haut la splendeur d'une lune ou d'une étoile de sixième grandeur, pour aller, tel un lutin domestique, risquer un œil à la fenêtre de chaque chaumière, faire des lunatiques, gâter les mets, et rendre les ténèbres visibles, au lieu d'accroître continûment sa chaleur comme sa bienfaisance naturelles jusqu'à en prendre un tel éclat qu'il n'est pas de mortel pour le regarder en face, et, alors, tourner autour du monde dans sa propre orbite, lui faisant du bien, ou plutôt, comme une philosophie plus vraie l'a découvert, le monde tournant autour de lui et en tirant du bien. Lorsque Phaéton, désireux de prouver sa céleste origine par sa bienfaisance, eut à lui le char du soleil un seul jour, et s'écarta du sentier battu, il brûla plusieurs groupes de maisons dans les rues basses du ciel, roussit la surface de la terre, dessécha toutes les sources, et fit le grand désert du Sahara, tant qu'enfin, d'un coup de foudre, Jupiter le précipita tête baissée sur notre monde, pour le soleil en deuil de sa mort cesser toute une année de briller.

Il n'est pas odeur aussi nauséabonde que celle qui émane de la bonté corrompue. C'est humaine, c'est divine charogne. Si je tenais pour certain qu'un homme soit venu chez moi dans le dessein bien entendu de me faire du bien, je chercherais mon salut dans la fuite comme s'il s'agissait de ce vent sec et brûlant des déserts africains appelé le simoun, lequel vous remplit la bouche, le nez, les oreilles et les yeux de sable jusqu'à l'asphyxie, de peur de me voir gratifié d'une parcelle de son bien — de voir une parcelle de son virus mélangé à mon sang. Non, — en ce cas plutôt souffrir le mal suivant la voie naturelle. Un homme n'est pas un *homme* bon, à mon sens, parce qu'il me nourrira si je meurs de faim, ou me chauffera si je gèle, ou me tirera du fossé, si jamais il m'arrive de tomber dans un fossé. Je vous trouverai un chien de Terre-Neuve pour en faire autant. La philanthropie dans le sens le plus large n'est pas l'amour pour votre semblable. Howard[1] était sans doute à sa manière le plus digne comme le plus excellent homme, et il a sa récompense ; mais, relativement, que nous font cent Howards, à *nous*, si leur philanthropie ne *nous* est d'aucune aide lorsque nous sommes en bon point,

1. Howard (John), 1726-1790, célèbre philanthrope anglais à qui l'on doit l'amélioration du sort des prisonniers.

moment où nous méritons le plus que l'on nous aide ? Je n'ai jamais entendu parler de réunion philanthropique où l'on ait sincèrement proposé de me faire du bien, à moi ou à mes semblables.

Les Jésuites se virent complètement joués par ces Indiens qui, sur le bûcher, suggéraient l'idée de nouveaux modes de torture à leurs tortionnaires. Au-dessus de la souffrance physique, il se trouva parfois qu'ils étaient au-dessus de n'importe quelle consolation les missionnaires pouvaient offrir ; et la loi qui consiste à faire aux autres ce que vous voudriez qu'on vous fît, tomba avec moins de persuasion dans les oreilles de gens qui, pour leur part, ne se souciaient guère de ce qu'on leur faisait, aimaient leurs ennemis suivant un mode nouveau, s'en venaient là volontiers tout près leur pardonnant ce qu'ils faisaient.

Assurez-vous que l'assistance que vous donnez aux pauvres est bien celle dont ils ont le plus besoin, s'agît-il de votre exemple qui les laisse loin derrière. Si vous donnez de l'argent, dépensez-vous avec, et ne vous contentez pas de le leur abandonner. Il nous arrive de faire de curieuses méprises. Souvent le pauvre n'a pas aussi froid ni aussi faim qu'il est sale, déguenillé et ignorant. Il y va en partie de son goût, non pas seulement de son infortune. Si vous lui donnez de l'argent, peut-être n'en achètera-t-il que plus de guenilles. J'avais coutume de m'apitoyer sur ces balourds d'ouvriers irlandais qui taillent la glace sur l'étang, sous des hardes si minces et si déguenillées, alors que je grelottais dans mes vêtements plus propres et quelque peu plus élégants, lorsque, par un jour de froid noir, l'un d'eux ayant glissé dans l'eau vint chez moi se réchauffer, sur quoi je vis qu'il dépouillait trois pantalons, plus deux paires de bas, avant d'arriver à la peau, quoique assez sales et assez en loques, il est vrai, et qu'il pouvait se permettre de refuser les vêtements d'*extra* que je lui offris, tant il en avait d'*intra*. Ce plongeon était la vraie chose dont il eût besoin. Sur quoi je me mis à m'apitoyer sur moi-même, et compris que ce serait une charité plus grande de m'octroyer une chemise de flanelle qu'à lui tout un magasin de confection. Il en est mille pour massacrer les branches du mal contre un qui frappe à la racine, et il se peut que celui qui consacre la plus large somme de temps et d'argent aux nécessiteux contribue le plus par sa manière de vivre à produire cette misère qu'il tâche en vain à soulager. C'est le pieux éleveur d'esclaves consacrant le produit de chaque dixième éleveur d'esclaves à acheter un dimanche de liberté pour les autres. Certaines gens montrent leur bonté pour les pauvres en les employant dans leurs cuisines. N'y aurait-il pas plus de bonté de leur part à s'y employer eux-mêmes ? Vous vous vantez de dépenser un dixième de votre revenu en charité ; peut-être devriez-vous en dépenser ainsi les neuf dixièmes, et qu'il n'en soit plus question. La société ne recouvre alors qu'un dixième de la propriété. Est-ce dû à la générosité de celui en la possession duquel cette propriété se trouve, ou bien au manque de zèle des officiers de justice ?

La philanthropie est pour ainsi dire la seule vertu suffisamment appréciée de l'humanité. Que dis-je, on l'estime beaucoup trop haut ; et c'est notre égoïsme qui en exagère la valeur. Un homme pauvre autant que robuste, certain jour ensoleillé ici à Concord, me faisait l'éloge d'un concitoyen, parce que, selon lui, il se montrait bon pour le pauvre, voulant dire lui-même. Les bons oncles et les bonnes tantes de la race sont plus estimés que ses vrais pères et mères spirituels. Il m'est jadis arrivé d'entendre un véritable conférencier, homme de savoir et d'intelligence, qui, faisant un cours sur l'Angleterre, venait d'en énumérer les gloires scientifiques, littéraires et politiques, Shakespeare, Bacon, Cromwell, Milton, Newton, et autres, parler après cela de ses héros chrétiens, et les mettre, comme si sa profession l'exigeait de lui, bien au-dessus du reste, les donner pour les plus grands parmi les grands. C'étaient Penn, Howard et Mrs. Fry[1]. Qui ne sentira la fausseté et l'hypocrisie de la chose ? Ce n'étaient là les grands hommes plus que les grandes femmes d'Angleterre ; seulement, peut-être, ses grands philanthropes.

Je voudrais ne rien soustraire à la louange que requiert la philanthropie, mais simplement réclamer justice en faveur de tous ceux qui par leur vie et

1. Penn (William), 1644-1718 ; Howard (John), 1726-1790 ; Fry (Élisabeth), 1780-1845, philanthropes.

leurs travaux sont une bénédiction pour l'humanité. Ce que je prise le plus chez un homme, ce n'est ni la droiture ni la bienveillance, lesquelles sont, pour ainsi dire, sa tige et ses feuilles. Les plantes dont la verdure, une fois desséchée, nous sert à faire de la tisane pour les malades, ne servent qu'à un humble usage, et se voient surtout employées par les charlatans. Ce que je veux, c'est la fleur et le fruit de l'homme ; qu'un parfum passe de lui à moi, et qu'un arôme de maturité soit notre commerce. Sa bonté doit être non pas un acte partiel plus qu'éphémère, mais un constant superflu, qui ne lui coûte rien et dont il reste inconscient. Cette charité qui nous occupe couvre une multitude de péchés[1]. Le philanthrope entoure trop souvent l'humanité du souvenir de ses chagrins de rebut comme d'une atmosphère, et appelle cela sympathie. C'est notre courage que nous devrions partager, non pas notre désespoir, c'est notre santé et notre aise, non pas notre malaise, et prendre garde à ce que celui-ci ne se répande par contagion. De quelles plaines australes se font entendre les cris lamentables ? Sous quelles latitudes résident les païens à qui nous voudrions envoyer la lumière ? Qui cet homme intempérant et brutal que nous voudrions racheter ? Quelqu'un éprouve-t-il le moindre mal l'empêchant d'accomplir ses fonctions, ne ressent-il qu'une simple douleur d'entrailles, — car c'est là le siège de la

1. Pierre, Ire Épître, IV, 8.

sympathie, — qu'il se met sur l'heure en devoir de réformer — le monde. En sa qualité de microcosme lui-même, il découvre — et c'est là une vraie découverte, et il est l'homme désigné pour la faire — que le monde s'est amusé à manger des pommes vertes ; à ses yeux, en fait, le globe est une grosse pomme verte, qu'il y a un affreux danger de penser que les enfants des hommes puissent grignoter avant qu'elle soit mûre ; sur quoi voilà sa philanthropie drastique en quête des Esquimaux et des Patagons, et qui embrasse les villages populeux de l'Inde et de la Chine ; ainsi, en quelques années d'activité philanthropique, les puissances, dans l'intervalle, usant de lui en vue de leurs propres fins, pas de doute, il se guérit de sa dyspepsie, le globe acquiert un semblant de rouge sur une ou les deux joues, comme s'il commençait à mûrir, et la vie perdant de sa crudité est une fois encore douce et bonne à vivre. Je n'ai jamais rêvé d'énormités plus grandes que je n'en ai commises. Je n'ai jamais connu, et ne connaîtrai jamais, d'homme pire que moi.

Je crois que ce qui assombrit à ce point le réformateur, ce n'est pas sa sympathie pour ses semblables en détresse, mais, fût-il le très saint fils de Dieu, c'est son mal personnel. Qu'il en guérisse, que le printemps vienne à lui, que le matin se lève sur sa couche, et il plantera là ses généreux compagnons sans plus de cérémonies. Mon excuse pour ne pas faire de conférence contre l'usage du tabac

est... que je n'en ai jamais chiqué ; c'est une péna-
lité que les chiqueurs de tabac corrigés ont à subir ;
quoiqu'il y ait assez de choses que j'aie chiquées et
contre lesquelles je pourrais faire des conférences.
Si jamais il vous arrivait de vous trouver entraîné en
quelqu'une de ces philanthropies, que votre main
gauche ne sache pas ce que fait votre droite, car
cela n'en vaut pas la peine. Sauvez qui se noie et
renouez vos cordons de soulier. Prenez votre temps,
et attelez-vous à quelque libre labeur.

Nos façons d'agir ont été corrompues par la com-
munication avec les saints. Nos recueils d'hymnes
résonnent d'une mélodieuse malédiction de Dieu
et endurance de Lui à jamais. On dirait qu'il n'est
pas jusqu'aux prophètes et rédempteurs qui n'aient
consolé les craintes plutôt que confirmé les espé-
rances de l'homme. Nulle part ne s'enregistre une
simple et irrépressible satisfaction du don de la vie,
la moindre louange remarquable de Dieu. Toute annonce de santé et de succès me fait du bien, aussi
lointain et retiré que soit le lieu où ils se manifestent ; toute annonce de maladie et de non-réussite
contribue à me rendre triste et me fait du mal, quelque sympathie qui puisse exister d'elle à moi ou de
moi à elle. Si donc nous voulons en effet rétablir
l'humanité suivant les moyens vraiment indiens,
botaniques, magnétiques, ou naturels, commençons
par être nous-mêmes aussi simples et aussi bien
portants que la nature, dissipons les nuages suspendus sur nos propres fronts, et ramassons un peu de

vie dans nos pores. Ne restez pas là à remplir le rôle d'inspecteur des pauvres, mais efforcez-vous de devenir une des gloires du monde.

Je lis dans le *Goulistan*, ou *Jardin des Roses*, du cheik Saadi de Chiraz, ceci : « On posa cette question à un sage, disant : Des nombreux arbres célèbres que le Dieu Très Haut a créés altiers et porteurs d'ombre, on n'en appelle aucun azad, ou libre, hormis le cyprès, qui ne porte pas de fruits ; quel mystère est ici renfermé ? Il répondit : Chacun d'eux a son juste produit, et sa saison désignée, en la durée de laquelle il est frais et fleuri, et en son absence sec et flétri ; à l'un plus que l'autre de ces états n'est le cyprès exposé, toujours florissant qu'il est ; et de cette nature sont les azads, ou indépendants en matière de religion. — Ne fixe pas ton cœur sur ce qui est transitoire ; car le Dijlah, ou Tigre, continuera de couler à travers Bagdad que la race des califes sera éteinte : si ta main est abondante, sois généreux comme le dattier ; mais si elle n'a rien à donner, soit un azad, ou homme libre, comme le cyprès. »

LES PRÉTENTIONS DE PAUVRETÉ

Tu présumes fort, pauvre être besogneux,
Qui prétends à place dans le firmament,
Parce que ta chaumière, ou ton tonneau,
Nourrit quelque vertu oisive ou pédantesque
Au soleil à bon compte, à l'ombre près des sources,
De racines et d'herbes potagères ; où ta main droite
Arrachant de l'âme ces passions humaines,
Dont la souche fleurit en bouquets de vertus
Dégrade la nature, engourdit le sens,
Et, Gorgone, fait de l'homme actif un bloc de pierre.
Nous ne demandons pas la piètre société
De votre tempérance rendue nécessaire,
Non plus cette impie stupidité
Qui ne sait joie ou chagrin ; ni votre force d'âme
Forcée, passive, à tort exaltée
Au-dessus de l'active. Cette abjecte engeance,
Qui situe son siège dans la médiocrité,
Sied à vos âmes serviles ; nous autres honorons
Telles vertus seules qui admettent excès,
Gestes fiers, généreux, magnificence royale,
Prudence omnivoyante, magnanimité
Ignorante de bornes, et l'héroïque vertu
Pour qui l'Antiquité n'a pas transmis de nom
Cependant des modèles, tels Hercule,
Achille, Thésée. Arrière à ta cellule ;
Et si tu vois la sphère éclairée à nouveau,
Apprends à ne savoir d'autres que ces gloires-là.

Thomas Carew (*Traduction*).

Dernières parutions

COLLECTION FOLIO 2 €

Dernières parutions

Composition Nord Compo
Impression Novoprint
à Barcelone, le 3 octobre 2017
Dépôt légal : octobre 2017
1er dépôt legal dans la collection: avril 2008

ISBN 978-2-07-035628-7./Imprimé en Espagne.

329083